Christine Häusler · Rosa vom blaugoldenen Stern

Die Autorin CHRISTINE HÄUSLER lebt und wirkt als Energietherapeutin, Homöopathin und Malerin in Mühlheim am Main. Sie ist mit einem wunderbaren Mann verheiratet und hat zwei wundervolle Töchter. Seit mehr als 20 Jahren beschäftigt sie sich mit der Heilwerdung des Menschen. Die Werkzeuge dafür stehen in Hülle und Fülle zur Verfügung. Dies zu erkennen und danach zu handeln ist außerordentlich wichtig für die kommende Zeit. Das Hören auf die innere Stimme und die Kombination von Herz und Verstand birgt den größten Schatz für die Menschheit.

Näheres unter
www.heilpraxis-haeusler.de

Christine Häusler

Rosa vom blaugoldenen Stern

© 2015 Christine Häusler
Satz und Layout: Buch&media GmbH, München
Umschlaggestaltung: Buch&media GmbH
unter Verwendung eines Bilds von Christine Häusler
Herstellung und Verlag: BoD – Books on Demand
Printed in Germany
ISBN 978-3-7386-8649-4

*Ich widme dieses Buch allen Erdenmenschen,
auch denen, die nicht mehr auf der Erde weilen.
Im Wandel der Zeit, für ein neues Bewusstsein,
für das Leben und die Liebe
in unendlicher Dankbarkeit.
In der Gewissheit, dass Energie
nie verloren geht.*

Vorwort

Menschen sind zwar als geistig-spirituelle Lebewesen angelegt, leben allerdings aufgrund ihrer Dressuren meist nur die Summe ihrer Einschränkungen. Dabei gerät in Vergessenheit, dass all das, was jeder zu seinem Leben braucht, schon in ihm angelegt ist. Es gehört daher zu den vornehmen Aufgaben, seinen persönlichen Wesenskern zu entdecken und freizulegen. Jeder Mensch beginnt zwar als Unikat, die meisten degenerieren allerdings zu einer Kopie eines anderen, dessen Wünsche und Erwartungen er glaubt erfüllen zu müssen. Diese Projektionen erfahren wir bereits im Uterus, indem wir die Lasten unserer Mutter aus Liebe übernehmen und nach der Geburt alles tun, um von ihr geliebt zu werden. In jedem Säuger ist die Annahme und Akzeptanz durch seine Quelle ohne Bedingung fest als biologisches Erwartungsmuster hinterlegt. Was wir noch nicht wissen, ist, dass diese Liebe in der Lebenswirklichkeit an Bedingungen geknüpft ist, die es dann zu erfüllen gilt und wir halten es im Laufe der Zeit durch unsere Erfahrung für völlig normal und selbstverständlich, dass wir erst dann geliebt werden, wenn wir bestimmten Vorstellungen entsprechen. Das läuft in der Regel auf die Deformierung unseres Wesens hinaus, welches schließlich nach Kompensation sucht. Hier beginnt der Leidensweg, den wir zu gehen uns auferlegen. Der eine leidet körperlich, der andere seelisch, andere emotionell und wieder andere bedienen alle Ebenen.

Gautama Siddharta, den wir den Buddha nennen, benannte zwei Themen als wesenseinschränkend für den Menschen: das Nichterkennen und das Anhaften. Aus diesem Grund sollten zum Heilwerden bestimmte Prozesse durchlaufen werden. Zunächst muss erkannt werden, was wirkt, um seine Gegenwart zu verstehen. Dann sollte die Ursache auf allen Ebenen geklärt werden, um diese dann mit sich selbst im gereinigten Zustand zu füllen. Schließlich gilt es, allen Beteiligten zu verzeihen, denn nur wer versöhnt ist und bleibt, dem gehört seine Energie. Unterbleibt die Versöhnung, bleibt diese Energie in alten, lebensunförderlichen Systemen als Anhaftung erhalten. Es macht keinen Sinn, unseren (Groß-)Eltern das vorzuwerfen, was sie getan haben, denn diese konnten nur weitergeben, was sie selbst erfahren haben. Was diese nicht erhalten haben, konnten sie an ihre Kinder auch nicht weitergeben. Wer heil, also ganz oder vollständig werden will, sollte das stets berücksichtigen, denn nur so kann das Opfer-Täter-Bewusstsein verwandelt werden. Wir können es nur selbst aus uns heraus tun und uns jener Hilfe bedienen, die zu uns passt und uns dabei unterstützt, das zu tun, was jeder für sich zu tun hat. Hilfe ist stets temporär. Sie ist als Katalyse auf Zeit zu verstehen, wobei der Helfer nur durch passgenaue Impulse helfen kann und diese durch Empathie vermittelt. Er geht am Schluss der Reise. Jeder sollte sich darüber im Klaren sein, dass das Heilwerden nicht über den gleichen Weg laufen kann wie das Krankwerden. Die Probleme, die wir mit unserem Verstand erzeugen, können nicht durch diesen gelöst werden. Einzig unser Gefühl vermag uns aus diesem Dilemma zu befreien, ganz gleich, wie schmerzhaft es ist oder sein wird. Nur wer die gespeicherte Erinnerung zu transformieren vermag, wird heil und damit wieder vollständig.

Möge die folgende Geschichte von Mina (Rosa) als Inspiration für die eigene Wegfindung dienen und die Erkenntnis freisetzen, dass es jeder für sich tun muss. Es wird niemand anders tun. Dabei gilt es, Folgendes zu berücksichtigen:

Habe den Mut, das zu verändern, was du kannst.
Habe die Gelassenheit, das Unveränderbare zu akzeptieren.
Habe die Klugheit, das eine vom anderen zu unterscheiden.

Carsten Pötter   Heiligenloh, im Dezember 2014

Prolog

So kann es geschehen, wenn man zum falschen Zeitpunkt am falschen Ort ist.

Rosa war einfach zu neugierig. Sie wollte nicht auf ihre Mitbewohner vom blaugoldenen Stern hören. Wie würde es wohl sein, ein Erdenmenschenleben zu leben, mit allem was dazu gehörte – ein Leben als Materie, ein Leben aus Fleisch und Blut? Mit all seinen Genüssen und Erlebnissen? Wenn da nur die Polarität nicht wäre. Das eine gibt es nicht ohne das andere. Schwarz oder Weiß, Mann oder Frau, Liebe oder Hass, Krieg oder Frieden, Tag oder Nacht – die Liste ist unendlich lang. Das gab es auf dem blaugoldenen Stern nicht.

Trotzdem, auch wenn Rosa schon so viele Schauermärchen über die Erdenmenschen gehört hatte, sie wollte wissen wie es ist, ein Erdenmensch zu sein, mit all seinen Vor- und Nachteilen.

Und da geschah es. Als sich wieder einmal ein Erdenmenschenpaar liebte, das tun sie mehr oder weniger oft, kam sie in den Wirbel hinein. So schnell passierte es. Die Konzeption fand statt. Rosa wusste, hier würde sie nicht mehr herauskommen. Jetzt war sie dazu verdammt, ein Erdenmenschenleben zu leben. Die Blaugoldsternler versuchten ihr noch zu helfen, doch es war zu spät. Selbst ihre stärksten Energieaufwände konnten diesen Vorgang nicht mehr rückgängig machen. Noel, der von der goldenen Energie, war Rosas bester Freund und ihr Beschützer. Auch er hatte zu spät bemerkt, dass Rosa sich entschlossen hatte, noch einmal zu inkarnieren.

Normalerweise sind die Lebewesen, die auf dem blaugoldenen Stern angekommen sind, zu keiner Inkarnation mehr verpflichtet. Sie haben alle Lektionen gelernt und dürfen in ihrer reinsten Energie existieren.

Auf diesem Stern, so würden es die Erdenmenschen sagen, ist das Paradies. Alle Energien gehen liebevoll miteinander um. Es gibt keine Angst, keinen Neid, keine Gewalt, keine Krankheiten, keine Zeit, keine Materie. Jeder weiß, wer er wirklich ist und lebt aus sich selbst heraus. Pure Energie in allen Farben. Jede Farbe hat ihre Aufgabe, aber dazu später mehr.

Die Blaugoldsternler sind glücklich und zufrieden, sie sind im Zustand der Glückseligkeit.

All das hatte Rosa nun aufgegeben. Sie wusste, dass sie in ihrer Neugierde zu weit gegangen war. Aber es gab kein Zurück mehr. Es musste einen Sinn haben, dass Rosa inkarnieren wollte, wer weiß.

Erster Teil

Die ersten zehn Jahre

Ich spürte, dass die Gebärmutter meiner Mutter keineswegs bereit war, schon wieder ein Kind heranwachsen zu lassen. Meine Mutter wollte mich nicht, sie hatte schon drei Kinder: zwei Jungen, Franz und Karl, und ein Mädchen, Elisabeth, genannt Lissi. Oh mein Gott, was habe ich mir da angetan. Als ich konzipiert wurde, war mein Vater betrunken und meine Mutter wollte gar keinen Sex mit ihm. Sie fügte sich trotzdem. Sie wusste, wenn er nicht bekommen würde was er wollte, würde sie mit Schlägen und Missachtung bestraft werden. Keine guten Voraussetzungen, dachte ich.

Es waren die sechziger Jahre, in die ich hineingeboren wurde. Es waren die fetten Jahre, Aufschwung, Aufbau, Erfolg und viel Geld verdienen war wichtig. Politikergrößen wie Konrad Adenauer hatten es geschafft, Deutschland wieder in die Weltwirtschaft einzugliedern. Was nicht so schön war: dass man Deutschland 1961 durch den Berliner Mauerbau in zwei Hälften geteilt hatte. Ach so, ich hatte ja noch nicht erwähnt, ich bin im Westen Deutschlands, im Hessenland in einer Kleinstadt nahe Frankfurt wiedergeboren worden, hier muss schon immer meine Basis gewesen sein. Wenn Adenauer nicht gewesen wäre, hätte man Frankfurt sogar zur Hauptstadt gemacht, aber so wurde es halt Bonn, na ja.

Die Erdenmenschen wollten den Zweiten Weltkrieg vergessen, aber es war alles noch sehr präsent. Immer wieder bekriegten sie sich, die Erdenmenschen, sie lernten nichts daraus. Solange die Polarität, die Gier um die Macht und immer mehr haben zu wollen, besteht, wird sich daran wenig ändern.

Mein Vater, der im Zweiten Weltkrieg an der Front war und ein Jahr in Gefangenschaft verbrachte, konnte wahrscheinlich auch aus diesem Grund nicht aus seiner Haut heraus, daher seine Brutalität und Gefühllosigkeit. Kriege machen viel kaputt in der menschlichen Seele. Die Seele ist übrigens die Lebenskraft, reine Energie, das ist genau die Energie, durch die überhaupt erst ein Erdenmenschenleben möglich ist. Ohne diese Energie gibt es kein Leben, nie und nirgends. Diese Energie geht niemals verloren, sie kann nur transformiert werden. Sieht man ja daran, wie es mir, Rosa, passiert ist. Die Erdenmenschen nennen es Seele, weil sie sich sonst nichts anderes darunter vorstellen können, es macht ihnen Angst. Denn da gibt es nichts zu greifen, und damit nichts zu begreifen. Keine Materie, auch nichts zu sehen. *Es* ist einfach.

Die Erdenmenschen feiern das ganze Jahr über komische Feste. Das Fest, das zu der Zeit meiner Entstehung gefeiert wurde, hieß Fastnacht. Da lassen die so richtig die Sau raus, betrinken sich bis zum Umfallen, verkleiden sich, um in andere Rollen zu schlüpfen, sind auf Kommando lustig, gehen fremd und vieles mehr – das ist dann alles erlaubt. Und hinterher meinen sie, das alles wieder gutmachen zu können indem sie beichten und fasten, auf alles verzichten. Dann ist angeblich alles vergeben. Schon komisch, nicht wahr? So einen Selbstbetrug kann es nur auf der Erde geben.

Da kann ich ja froh sein, dass mein Vater nur betrunken

war und nicht mit einer anderen Frau Sex hatte. Wer weiß, vielleicht wäre ich dann nicht entstanden. Wie auch immer, ich habe mir diese Eltern, diese Familie, eine Mittelstandsfamilie, so nannte man das damals, ausgesucht, jetzt musste ich sehen, wie ich damit klarkam. Ich habe meinen Eltern längst verziehen, denn sie konnten ja nicht anders.

Okay, ich saß jetzt in diesem Uterus und sollte gedeihen und wachsen. Hab ich auch getan, nur muss da zwischenzeitlich einiges falsch gelaufen sein. Meine Mutter, die ohne jegliches Selbstwertgefühl lebte, war traurig, sie hatte Angst vor allem und jedem. Das alles habe ich abgekriegt und leider auch übernommen. Sie arbeitete zu viel, die ganze Verantwortung hing an ihr. Meine Eltern hatten eine Gaststätte, da gab es eine Menge zu tun. Wir hatten ein großes Haus, das bereits meinen Urgroßeltern gehört hatte. Im unteren Erdgeschoss befand sich die Gaststätte. Sie war schon seit 1898 durch meine Großeltern in Betrieb. Also ein Haus mit Tradition. In diesem Haus war viel passiert, darin sind viele Erdenmenschen geboren und auch gestorben.

Die Geschichte meiner Urgroßeltern und deren Familie mit neun Kindern zu erzählen, würde ein ganzes Buch füllen.

Vater war oft betrunken, war immer weg und überließ Mutter die ganze Arbeit. Wie sollte sie das schaffen? Nun noch ein viertes Kind, also ich. Als ich schon hören konnte, das kann man sehr gut im Mutterleib, habe ich meine Geschwister gehört, wie sie stritten, und meinen Vater, wie er sie schimpfte und verprügelte. Na Bravo, dachte ich, das kann ja heiter werden, wenn ich dann noch da bin.

Ich, Rosa, war jetzt schon gespannt, was sie mir wohl für einen Namen geben würden.

Eines Abends, es war schon sehr spät, setzten bei meiner Mutter die Wehen ein. Wie immer arbeitete sie noch. Sie stand in der Küche und erledigte den letzten Abwasch. Den Luxus einer Spülmaschine hätte sie sich sicher gewünscht. Die Hebamme, die auch meinen Geschwistern auf die Welt geholfen hatte, fuhr mit ihr ins Krankenhaus. Und wie sollte es anders sein – ich kam mit aller Macht auf diese Welt, eine Sturzgeburt. In der gleichen Schnelligkeit, wie auch meine Entstehung stattfand. Diese Schnelligkeit sollte mich mein Leben lang begleiten.

Was ich da sah, als ich meine Augen öffnete, gefiel mir gar nicht. Ich war zu Materie, zu Fleisch und Blut geworden, und damit sehr verletzlich, was ich oft zu spüren bekam.

Sie tauften mich noch in der Klinik, weil sie sich nicht sicher waren, ob das was wird mit mir. Man hatte mir einen Topf Wasser über den Kopf geschüttet und dabei unverständliche Worte gesprochen. So wie: Ab sofort stehe ich unter dem Schutz und dann könnte mir nichts passieren und so. Na, ich wusste nicht, das würde ich erst mal sehen. Dann hörte ich meinen Namen, Mina sollte ich heißen.

Na gut, ich war da und Mina klang gar nicht so schlecht. Meine Mutter war leider nicht in der Lage, mir den Vorzug ihrer Milchbar anzubieten. Warum? Sie hatte keine Zeit für solche Kinkerlitzchen. Muttermilch war zwar das Beste für ein Baby, aber das wurde nicht so ernst genommen. »Irgendwie kriegen wir sie schon groß«, war das Motto. »Wo drei sind, wird auch noch für ein viertes Platz sein.« Da fühlst du dich wie ein Wurmfortsatz. Von dem wird auch behauptet er sei zwar da, aber man könnte ihn auch entfernen, wegoperieren quasi.

Die Antibabypille, die jetzt auf den Markt kam, brachte die ersehnte, vermeintliche sexuelle Freiheit. Endlich Sex haben können ohne die Angst, danach neun Monate mit einem dicken Bauch herumlaufen zu müssen, na ja, sagen wir sechs Monate. Hätte es diese Pille nicht ein paar Monate früher geben können? Dann wären solche Unfälle wie mit mir gar nicht erst passiert. Allerdings war das auch nicht der große Segen für die Frauenwelt, wie sich im Laufe der Zeit noch herausstellen sollte.

Ich konnte von Glück reden, das ich eine Großmutter hatte, die sich meiner annahm und sich um mich kümmerte. Wer weiß, was ohne meine Großmutter geschehen wäre. Sie hat mir die Kraft gegeben, dieses Erdenmenschenleben zu meistern. Ihr unerschütterlicher Glaube an das Gute und ihr Lebensmut halfen mir, weiterzumachen. Ich musste schnell begreifen, dass dieses Leben eine Qual sein konnte. Schmerzen, Blähungen, Weinen, Demütigungen, Krankheiten, unglaublich viel Fremdbestimmung, das war mir alles neu.

Bald stellte man fest, dass ich nur mit einem Auge sehen konnte, kein Wunder, wer wollte das hier alles schon sehen. Haare bekam ich auch erst als ich drei Jahre alt war. Meine ganze Schönheit als Rosa war weg. Mina war ein hässliches Entlein. Ich wurde immer ausgelacht und von meinen Geschwistern maßlos geärgert. Meine Spielsachen, kaum dass sie besaß, wurden kaputtgemacht. Es flossen reichlich Tränen. Ein Wunder, dass ich überhaupt noch Pippi machen konnte nach dem Tränenreichtum, den ich jeden Tag von mir gab.

In meinen ersten zehn Lebensjahren konnte Noel, der von der goldenen Energie, mein Freund und Beschützer vom blaugoldenen Stern, mich nicht begleiten, er war zu weit weg. Durch ungünstige Sternenkonstellationen gab es keine Verbindung zur Erde, der blaugoldene Stern war Lichtjahre von ihr entfernt. So fühlte ich mich auch. Ich hätte mir so gewünscht, dass er mir zur Seite stehen könnte.

Als ich knapp fünf Jahre alt war, startete ich einen Versuch, in meine Heimat auf den blaugoldenen Stern zurückzukehren. An diesem Tag hatte meine über alles geliebte Großmutter keine Zeit mich vom Kindergarten, das ist eine Kinderauffangstation für die Kinder von vielbeschäftigten Eltern, abzuholen. Ich musste ganz alleine nach Hause gehen. Da dachte ich mir, ich lauf mal in ein Auto, nur war ich ein paar Schritte zu langsam. Das Auto erfasste mich flankierend, sodass ich genau mit meinem kleinen Körper gegen die Autotür und mit meinem Mund in den Türgriff prallte. Ich verlor mein komplettes Milchzahngebiss und hatte schwere Prellungen am ganzen Körper. Bevor ich bewusstlos wurde, sah ich aus dem Augenwinkel, wie ein schwarzer Mann zu mir herüber kam, mich aufhob und um Hilfe schrie. Es war der Kohlenmann, der gerade die Kohlelieferung ins Nachbarhaus brachte. Der Unfall geschah direkt vor meinem Elternhaus, in dem sich auch die Gaststätte befand. Alle Gäste kamen rausgerannt, standen hilflos um den Kohlenmann und mich herum. Ich blutete wie ein abgestochenes Schwein, vor allem aus dem Mund. Die hilflosen Erdenmenschen dachten, ich wäre tot. Aber leider, es hatte nicht funktioniert, adieu blaugoldener Stern. Das Erdenmenschenleben musste weitergehen. Ich dachte nur, wie kann es sein, dass die sonst angeblich so schlauen Menschen nicht einmal in der Lage waren, einem verletzten Kind zu helfen.

Es dauerte lange bis ein Notarztwagen kam. Inzwischen hielt mich mein Vater auf dem Arm, ich spürte damals zum ersten Mal, wie wichtig ich ihm war. Muss man denn immer erst fast tot sein, damit dem anderen klar wird, dass man ihm etwas bedeutet oder er es zu äußern vermag? Sie brachten mich in eine Klinik, dort musste ich zwei Wochen mutterseelenallein bleiben. Das hatte mich so traumatisiert, dass es mich mein ganzes verdammtes Erdenmenschenleben nicht mehr loslassen würde.

Aber genau diese Umstände, die ich ja selbst provoziert hatte, waren der erste Schritt in die Entwicklung meines viel späteren Daseins als Heilerin. Aber bis dahin war es noch ein langer, beschwerlicher Weg.

Als ich entlassen wurde und zu Hause ankam, empfingen mich meine Geschwister mit den üblichen Demütigungen und Hänseleien. Ich sah aus wie eine Oma, die fehlenden Zähne, die dünnen Haare, zu allem Überfluss meine verhasste Brille, die ich schon seit meinem zweiten Lebensjahr trug. Alles in allem ein hässliches Entlein eben.

Wunderbar. Da ich so schlau war, wurde ich verfrüht eingeschult. Also musste ich, so wie ich da aussah, zur Schule. Ein Kind mit diesem Trauma, mit diesem Aussehen in der ersten Klasse, das konnte ja nicht gut gehen.

Von Anfang an habe ich die Institution Schule gehasst. Ich konnte mich dort nie wohlfühlen in diesen Klassenräumen. Allein der Geruch dort war schon unerträglich. Die Erdenmenschen, vor allem die Erwachsenen, sprich die Lehrer, waren mir zuwider. Sie gaben vor, uns etwas beibringen zu wollen. Das ging ordentlich in die Hose. Sie drohten jeden Tag mit Strafen, wenn wir nicht machen wollten was sie sagten. Vor allem sah ich wenig Sinn in dieser Art und Weise, Kindern etwas beibringen zu wollen. Ist das eine gute Basis, Kindern etwas zu vermitteln, fernab von jeglichem Gefühl und gesundem Verstand? Es war einfach nur furchtbar. Ich bemerkte schon sehr früh, dass ich das Wesentliche, das ein Erdenmensch wissen sollte um auf der Erde zu existieren, wusste. Und wieder war es meine Großmutter, die versuchte mich zu beruhigen und mich darum bat, durchzuhalten. Jeden Morgen verabschiedete sie mich an der Tür mit den Worten: »Auf in den Kampf.« Das prägte mich. Ich wurde immer ernster. Ja, dachte ich, auf in den Kampf. Aber wofür kämpfen wir? Wofür kämpfe ich? Für ein menschenwürdiges Leben? Was ist das überhaupt? Das Recht auf Gesundheit und freie Meinungsäußerung. Was ist das für eine Illusion. Die Erdenmenschen leben in einer Illusion. Das ist genau das, was mich hier auf der Erde so irritierte und somit auch in Krankheiten stürzen ließ.

Dieses Nichtwohlfühlen in der Schule steigerte sich in Panikattacken. Es war für mich der Horror. Jeden verdammten Tag quälte ich mich in diese idiotische Schule. Ich saß da und dachte nur »Was mache ich eigentlich hier?« Dann spürte ich, wie die Angst in mir aufstieg. Der Impuls »nichts wie weg hier« war kaum zu unterdrücken. Raus, einfach nur raus in die Freiheit, die ja nirgendwo war, außer auf meinem blaugoldenen Stern. Doch da würde ich so schnell nicht wieder hinkommen.

Von da an vermied ich alle Situationen, die mich in irgendeiner Weise einengen konnten. Das wird hier auf der Erde Klaustrophobie genannt, ausgelöst durch ein frühkindliches Trauma. Angst ist gleich Enge. Dieses Programm in meiner Hirnsoftware wurde durch die traumatischen Erlebnisse noch manifestiert. Dumm gelaufen. Tja liebe Rosa, du wolltest es nicht anders. So ein Erdenmenschenleben ist kein Zuckerschlecken. Ja, natürlich, es gibt auch schöne Dinge, zurzeit waren es für mich die nicht so schönen Dinge, die ich erlebte, aber das sollte noch kommen.

Mittlerweile glaubte ich, dass es ein absolutes Missverständnis war, dass ich hier wiedergeboren wurde. Ja, es war meine Neugierde, aber die allein konnte es nicht bewirkt haben, dass ich in diesen Wirbel hineingeraten bin. Doch es war gut so, wie sich später zeigen würde.

Ich erwähnte die Schnelligkeit, die mich zeitlebens begleiten sollte. Diese zeigte sich auch darin, dass ich nicht schnell genug erwachsen werden konnte. Allerdings bemerkte ich auch, dass die Erdenmenschen, die vorgaben erwachsen zu sein, es offensichtlich gar nicht waren, zumindest verhielten sie sich nicht so.

Oh mein Gott, wie oft habe ich versucht, doch wieder auf meinen blaugoldenen Stern zurückzukehren. Ich ließ mir von meinem Bruder Karl Türen gegen den Kopf knallen, hinter denen ich mich immer versteckte. Er wusste das, lief durch das Haus und knallte die Türen so fest er konnte nach hinten: Loch im Kopf, aber nicht tödlich. Als das alles nicht klappte, sprang ich nach einem Streit mit meiner Schwester Lissi durch die Glastür, die sie gerade vor mir zuwarf. Meine Pulsadern am Handgelenk waren durchschnitten, es blutete sehr stark, ich dachte, ich hätte es geschafft, aber nein. Man hat mich leider der Blutspur folgend, wie sollte es anders sein, hinter der Badtür gefunden und mich sofort in eine Klinik gebracht. Also, wieder nicht gestorben. Wieder nicht erlöst. Irgendwann habe ich es aufgegeben und akzeptiert, hier auf diesem verrückten Planeten leben zu müssen.

Mit dieser Schnelligkeit in meinem Erdenleben bekam ich es schon wieder zu tun, indem sich gerade erst in meinem neunten Lebensjahr meine erste Menstruation einstellte. Nun, ich wollte ja schnell groß werden, aber das ging dann doch zu weit. Diese Schmerzen, die ich da aushalten musste, waren unerträglich. Ich hatte zwar meiner Mutter schon diverse Fragen in diese Richtung gestellt, nachdem die Friseurin meiner Mutter, die jede Woche zu uns ins Haus kam, immer rundlicher wurde und ich wissen wollte, was da wohl vor sich geht. Mutter erklärte mir ansatzweise, wie das zustande gekommen sein könnte. Aber im gleichen Atemzug setzte sie mir ein weiteres Angstprogramm für meine Hirnsoftware, indem sie mir einbläute: »Wenn du ab jetzt einmal im Monat deine Periode hast und dann zwischendrin mit einem Mann zusammen bist, dann wirst du schwanger, dann bekommst du ein Kind.« Häääh, was meinte sie damit? Ich hatte keine Ahnung, aber das Angstprogramm hatte gesessen und war auch schwer wieder zu löschen. Denn so wusste ich intuitiv, dabei könnte ja wieder so ein Unfall wie mit mir passieren. Das wollte ich auf keinen Fall. Dass wieder so ein wunderbares, energetisches Wesen eventuell noch von meinem blaugoldenen Heimatstern dazu verdonnert wird, hier auf diesem Erdenball ausharren zu müssen.

Das Angstprogramm in meiner Hirnsoftware war nämlich so programmiert, dass Sex und Liebe gefährlich sein könnten. Wobei Sex und Liebe sich nicht bedingen, wie ich später erfahren durfte. So lief es dann auch ab. Lässt du dich auf einen Mann ein, kann das fatale Folgen haben. Also dann verkrampf dich lieber, die Erdenmenschen nennen das Vaginismus, sodass er nicht in dich eindringen kann, so wird nichts passieren. Tolles Programm, nicht wahr?

Der Penis eines Mannes war ab sofort für mich das Gefährlichste, was es auf der Erde gab. Sozusagen eine Waffe, die, wenn sie dich beschießt, Dinge in dein Leben bringt, die du vielleicht gar nicht haben willst.

Man könnte meinen, dass ich mit meiner Schwester Lissi mal über so etwas hätte reden können, die wollte davon aber überhaupt nichts hören. Sie war zwei Jahre älter als ich und hatte noch keine Periode. Sie war eher der männliche Typ. Das ist eben auch so eine Laune der Natur, wiederum die Erscheinung der Polarität auf der Erde, dass manche Erdenmenschen damit gestraft sind, zwar in einem weiblichen Körper zu sein, aber sich eher männlich zu fühlen oder halt umgekehrt. Jedenfalls waren die männlichen Anteile bei meiner Schwester sehr hoch.

Meine beiden Brüder – Franz, der sieben Jahre älter war als ich und Karl, vier Jahre älter – interessierten sich sowieso nur peripher für solche Begebenheiten.

Irgendwie war das Leben verändert, seit ich diese unsägliche Menstruation hatte. Die Schmerzen, die damit verbunden waren, ließen mich Bekanntschaft machen mit dem Wundermittel gegen Schmerzen, das sich alle Erdenmenschen einverleiben, wenn sie nicht leiden wollen. Ich vergaß immer mehr, wo ich eigentlich herkam. Genau das ist mit dem Konsum solcher Mittel beabsichtigt, ob es Impfungen sind oder andere manipulative Mechanismen: Ziel ist es, zu vergessen, was einen Erdenmenschen wirklich ausmacht. Denn wäre man sich dieses Potenzials bewusst, würden viele Dinge ganz anders laufen.

Die mehrfachen Versuche von Noel mich zu erreichen, waren vergebens. Je mehr ich mich von meiner Urquelle entfernte, umso dramatischer schien mein Erdenleben zu werden. Die Panikattacken wurden immer schlimmer. Ich wollte nur noch flüchten, aber wohin, das wusste ich nicht. Es war so, als ob mir, egal wohin ich mich wendete, die Luft zum Atmen genommen würde. Das kostete mich sehr viel Kraft.

Am schlimmsten war es, wenn ich irgendwo hinmusste und da nicht weg durfte. Oh mein Gott, das waren Höllenqualen. Alles war eine Qual.

Ich vermied es, solche Situationen aushalten zu müssen, doch die Fremdbestimmung in Form von Schule, Kirche und so weiter ließ mir keine andere Wahl. Es war so schrecklich, ein Wesen aus Fleisch und Blut zu sein.

Apropos Kirche: Das war die nächste Hirnsoftwareprogrammierung. Ich sollte zur Kommunion gehen, das gehörte auch zu den Dingen in der Einrichtung Kirche, die man absolviert haben sollte, wenn man in den sogenannten Himmel kommen wollte. Also auch ich war davor nicht gefeit.

Gott existiert, aber nicht in der Form, wie die Erdenmenschen es zu vermitteln versuchen. Die Erdenmenschen haben etwas ganz anderes daraus gemacht, als es eigentlich sein sollte. Mein Opa, also der Mann meiner Großmutter, die mich größtenteils großzog, sagte immer: »Ich glaube an Gott, aber an seinem Bodenpersonal zweifle ich.« Leider hat auch hier wieder die Gier nach Macht die Oberhand gewonnen. Religion bedeutet Rückverbindung, die Rückverbindung mit und zu seiner Quelle und nicht ein Straf- und Belohnungssystem, das die Erdenmenschen nach einer bestimmten Pfeife tanzen lässt, sodass sie sich auf ewig schuldig zu fühlen und am besten tagein und tagaus mit einem schlechten Gewissen zu leben haben.

Nun, der Pfarrer, der uns, eine ganze Gruppe von Kommunionkindern, unterrichtete, belehrte uns vor allem darin, dass es eine Sünde sei, wenn man nackt ist und sich dann womöglich auch noch anschaut geschweige denn anfasst. Bravo, die nächste Blockade im Hirn war gesetzt. Wie soll ein junger Erdenmensch, der solche Dinge hört, jemals ein gesundes Verhältnis zu seinem materiellen Körper bekommen? Ab sofort weigerte ich mich, mich zu waschen oder zu baden, zumal ich das immer zusammen mit meinen Geschwistern machen musste. Ja, da war es doch gar nicht anders möglich als sich anzusehen, wenn zusammen gebadet wird. Es sollte nämlich Wasser gespart werden. Für alle nur eine Badewanne voll Wasser. Lissi und ich hatten da natürlich die schlechteren Karten. Denn nach den Jungs war das Wasser schon nicht mehr sauber.

Ich musste ja glauben, dass alles, was mit Sexualität und dem Drumherum zu tun hatte, unendlich schlecht war.

Die Krönung des Ganzen kam dann an meinen großen Tag der Kommunion in der Kirche. Ich bekam wieder eine Panikattacke, diesmal so schlimm, dass ich in Ohnmacht fiel. Zu alledem wurde mir ein Tuch mit einem Duft, Kölnisch Wasser, unter die Nase gehalten. Noch heute könnte ich verrückt werden, wenn ich ihn riechen muss. Die Assoziation der Fremdbestimmung mit dem Duft ist es, die mich als freies Wesen in den Wahnsinn treibt.

Nach diesem Vorfall begleiteten mich nicht nur die Panikattacken, sondern damit in Verbindung, und auch sonst, ein permanentes Schwindelgefühl. Dieses Schwindelgefühl hatte nur eine Bedeutung: Meine Energiequelle instruierte einfach meinen Körper, nicht da zu sein, wo er sich aufhielt. Ich wollte mich verabschieden aus dieser Welt der Illusionen. Das war mir alles zu viel, zu irritierend, denn ganz tief in mir drinnen spürte ich, dass es anders sein müsste, das Erdenmenschenleben.

Die nächsten zehn Jahre meines Erdenlebens gestalteten sich danach.

Zweiter Teil

Die Erinnerung an das wahre ICH

Meine Geschwister durften alles, ich nichts. Ich wollte ausbrechen, also was tat ich? Ich benahm mich komplett daneben. Freundinnen, wenn ich welche hatte, waren nur von kurzer Dauer. Die waren mir alle zu zickig. Diese Intrigen und Hinterlistigkeiten mochte ich nicht. Ich fühlte mich oft hintergangen und nahe eines Nervenzusammenbruchs, weil aber auch rein gar nichts funktionierte. Ich versuchte mir eine Scheinwelt aufzubauen und fing schon früh an zu rauchen und Alkohol zu trinken. Die Beschaffung desselben war kein Problem, in der Gaststätte stand genug herum.

Meine Brüder waren, was das betrifft, ein wunderbares Vorbild, Lissi war eher zurückhaltend mit diesen Dingen.

Nun war die Chance, dass Noel mich erreicht, völlig vertan. Ich hatte ihn vollständig vergessen. Ich war in meiner Energie so abgrundtief gesunken durch meinen Lebenswandel, dass sich die Spirale nur noch nach unten bewegen konnte.

Meine Selbstzweifel wurden noch mehr genährt durch die Bemerkungen meines Vaters: »Das kannst du nicht allein«, »Du bist zu blöd dazu«. Mutter gab mir durch ihr nicht vorhandenes Selbstwertgefühl auch nicht das Gefühl, dass eine Frau zu etwas imstande sein konnte. Obwohl sie ja diejenige war, die alles geleistet hat. Ob es die Arbeit in der Gaststätte war oder das Managen der großen Familie. Vater protzte immer nur herum, lud seine ganzen Vereinsfreunde zum Essen und Trinken ein und Mutter hatte die Arbeit. Nie hat sie was gesagt, sich beschwert oder so. Alles einfach hingenommen. Welchen Eindruck musste ich da gewinnen, wie das Leben einer Frau zu sein hat? Unglaubliche Wut stieg in mir darüber auf. Die Mutter meines Vaters, also Großmutter Nummer zwei, setzte dem Ganzen noch die Krone auf. Sie kam immer am Wochenende zu Besuch und blieb natürlich auch zum Essen. Das Erste, was sie machte, wenn sie unsere Wohnung betrat: Sie fuhr mit dem Finger über diverse Möbelstücke um dann anzumerken, dass wohl schon eine ganze Weile kein Staub mehr gewischt wurde.

Immer hat Mutter alles hingenommen, ich konnte es nie verstehen. Wie kann man so viele Demütigungen ertragen? Aber mir erging es ja ähnlich in meinem bisherigen Leben als Erdenmensch.

Ich durfte nie alleine weggehen. Es wurde immer genau kontrolliert, wie lang und wo ich war.

Ja, zum Arbeiten war ich gut genug. In der Gaststätte stand ich schon von frühen Kindesbeinen an und habe gearbeitet. Ich gewann den Eindruck, dass dieses Erdenmenschenleben eigentlich nur aus Arbeit besteht. Gut, meine Geschwister haben auch mal geholfen, aber ich war diejenige, die am häufigsten herangezogen wurde.

Irgendwo tief in mir drin wusste ich, dass ich hier auf der Erde einen Auftrag zu erfüllen hatte, nur war mir nicht klar, worum es ging. Bis ich verstand, dass das essenzielle Wesentliche auf dieser Erde nicht das ist, was wir sehen können, sondern das, was wir nicht sehen können, vergingen noch etliche Jahre.

Oft kam der Gedanke in mir auf, was ich überhaupt hier tue. Ein starkes Fremdgefühl beschlich mich. Ich gehöre doch gar nicht hierher, dachte ich.

So wie die Lebewesen auf dem blaugoldenen Stern leben, davon konnten die Erdenmenschen nur träumen. Das hatte ich aber leider erst einmal vergessen.

Mein Leben nahm einen Verlauf so wie ein Erdenmenschenleben eben zu sein hat. Schulabschluss gemacht, Beruf erlernt. Geheiratet habe ich nicht, Kinder habe ich auch keine bekommen. Aber alles, was ich begonnen habe, wurde mit Erfolg gekrönt. Eben weil mein Vater immer meinte, ich wäre zu blöd zu allem, habe ich ihm das Gegenteil bewiesen. Ich entwickelte mich zum Exoten der Familie. Was wiederum meinen Eindruck verstärkte, dass ich eigentlich nicht dazugehörte.

Mir ist es gelungen, obwohl ich nicht so protegiert wurde wie meine Geschwister, alles aus eigener Kraft zu schaffen. Ich habe gekämpft, immer mein Bestes gegeben. Meine Arbeit musste immer perfekt sein. Der Ernst des Lebens hatte mich in seinen Klauen.

Aber wo blieb da die Lebensfreude? Die gab es nicht. Es gab keine Rosa mehr, sondern nur noch Mina, die alles so ernst nahm, dass sie sich selbst darüber vergaß. Ich hatte vergessen wie es ist, in der reinen Energie zu sein, ohne Verhaftung des Materiellen und ohne Polarität. Ein himmlischer Zustand. Alles ist in Allem. Alles ist eins. Nichts ist alles und alles ist nichts. Warum wollen die Erdenmenschen das nicht begreifen? Es wäre viel einfacher, sich nicht im Netz dieser Illusionen der Materie zu verstricken. Als Mina musste ich mir das alles antun. Als Rosa war ich frei, als Mina verhaftet in alten Strukturen. Es galt, diese Strukturen zu lösen um weiterzukommen. Allerdings war ich, Rosa, ja schon am Ziel angekommen auf dem blaugoldenen Stern.

Ich musste wahrscheinlich noch einmal wiederkommen, um den Erdenmenschen wichtige essenzielle Dinge nahezubringen. So nahezubringen, dass sie ein heileres Leben führen konnten. Sie sahen nicht, dass die Quelle ihres Lebens in ihnen selbst die Kraft ist, die alles heilt. Keine Medikamente, keine Operationen bringen das Heil, die Gesundheit. Auch Naturheilmittel sind nur Impulsgeber für ein reicheres Leben. Reich im Sinne von Gesundheit und nicht von materiellem Besitz, denn Gesundheit ist nicht käuflich.

Die Erdenmenschen beschäftigen sich ihr liebes Leben lang mit Äußerlichkeiten. Sie suchen ihr Heil im Außen, wo sie es nie finden werden. Egal wie sie aussehen, egal wie viel sie besitzen, es lässt sie nicht zufrieden sein. Den wahren Frieden findet man nicht im Außen, sondern im Innen. Was versteht der Erdenmensch unter Zufriedenheit, Gesundheit und Erfolg?

Ich verstand nicht, was da vor sich ging. Als Mina musste ich mitmachen, aber nur noch eine Zeitlang, dann kamen die Erinnerungen wieder, dass es auch anders sein konnte. Je mehr sich die Rosaenergie wieder aktivierte, umso besser gelang es mir, hinter die Schleier und Fassaden zu schauen. Die meisten Erdenmenschen hatten Masken auf, spielten irgendwelche Rollen, aber ihr wahres Selbst lebten die wenigsten. Da kann man ja nur krank werden. Ich hatte immer noch zu kämpfen mit den Panikattacken und dem damit verbundenen Schwindel. Wie oft saß ich in meinem Zimmer und heulte, überlegte mir, wie ich mich umbringen könnte, weil es überall nur besser sein konnte als hier. Trotzdem versuchte ich mein Leben so zu organisieren, dass ich meine Aufgaben bewältigen konnte. Eine Zeit lang dachte ich, der Alkohol könnte mir helfen, dies besser zu ertragen, aber das ist auch wieder so ein Trugschluss mit dem die Erdenmenschen leben. Sie denken, wenn man sich betäubt und benebelt, wird alles gut. Nein, nichts wird gut, es wird nur noch schlimmer. Denn die Erstwirkung jeglicher Drogen ist vermeintlich gut, aber die Zweitwirkung lässt dich wieder zur Hölle fahren. Und dann geht es wieder von vorne los. Du brauchst wieder diesen Stoff, ob es nun Kaffee, Tabak, Alkohol oder Drogen jeglicher Art sind, die dich ruhiger oder vermeintlich glücklicher werden lassen. Der gleiche Teufelskreis wiederholt sich immer wieder, bis du am Boden liegst, bis zum bitteren Ende.

Die Erdenmenschen leben gegen ihre Natur und verkomplizieren alles. Dabei ist alles so einfach. Den kosmischen Gesetzen folgend gibt es keine Probleme. Die meisten Probleme, die die Menschen haben, erzeugen sie selbst.

Noel spürte, dass Rosa als Mina niemals alleine auf der Erde zurechtkommen würde. So ließ er sich, kurz nachdem ich inkarnierte, auch selbst darauf ein, indem er sich entschied, wiedergeboren zu werden. Ihm war sehr schnell klar geworden, dass er mich vom blaugoldenen Stern aus nicht mehr erreichen würde, um mir beizustehen. Das war auch der Grund, warum ich ihn vergaß. Ich konnte seine goldene Energie nicht mehr wahrnehmen, weil er ebenfalls ein Erdenmensch geworden war. So wie ich.

Noel wurde als einziger Sohn in eine nette Familie geboren. Eine Arbeiterfamilie. Na klar, auch da gab es hin und wieder Ärger, aber das war auszuhalten. Seine Eltern kümmerten sich rührend um ihn. Sie machten viele Reisen. Es ging ihm sehr gut. Sein Name als Erdenmensch war Leon.

Obwohl wir in derselben Stadt wohnten, begegneten wir uns nie. Es sollte erst sehr viel später geschehen, zum richtigen Zeitpunkt am richtigen Ort. Von da an nahm mein Erdenmenschenleben seinen vorgesehenen Lauf.

Nach meinem Schulabschluss machte ich eine Ausbildung zur Bäckerin. Mein Bruder Franz wollte die Kneipe meiner Eltern übernehmen. Karl war das schwarze Schaf der Familie. Er wusste nie, was er wollte, geschweige denn, wie sein Leben aussehen sollte. Er war das Sorgenkind.

Lissi, meine Schwester, machte eine Ausbildung zur Friseurin. Sie hatte gelernt, mit ihrer Weiblichkeit – oder besser gesagt nicht vorhandenen Weiblichkeit – umzugehen. Durch die irritierende Erziehung in unserer Familie in Sachen Sexualität entschloss sie sich, Frauen zu lieben. Nach dem Motto »Dann kann mir nicht das gleiche passieren wie meiner Mutter, ein Leben als Sklavin eines Haustyrannen zu fristen«.

Während in den sechziger Jahren hauptsächlich die Beatles im Radio trällerten, waren es in den Siebzigern Bands wie ABBA, AC/DC, die Bee Gees, The Sweet, nur um einige zu nennen. Die Hippiebewegung brachte neue soziale Bewegungen. Männer mit langen Haaren, Frauen mit Röcken, die knapp über dem Po aufhörten; Plateauschuhe und Schlaghosen waren die Renner. Willy Brandt mit seinem Kniefall 1970 in Polen und Helmut Schmidt als fünfter Bundeskanzler von 1974 bis 1982 prägten als Sozialdemokraten die politische Landschaft. Zu den Parteifarben Rot-SPD, Schwarz-CDU, Gelb-FDP kam nun noch Grün – die Grünen – dazu.

Alles in allem eine turbulente Zeit. Die Deutschen wurden sogar bei der ersten Fußballweltmeisterschaft 1974 im eigenen Land Weltmeister. Ja, da war ganz schön was los. Und ich mittendrin.

Schon früh bemerkten alle in meiner Familie, dass ich hervorragend backen konnte. Deswegen war es offensichtlich, den Beruf der Bäckerin zu erlernen. Da wurde nicht lange gefackelt bei uns. Vater meinte zwar, es wäre wohl generell nicht nötig, dass eine Frau einen Beruf erlernte, aber es war nicht mehr die Zeit, Frauen zu unterdrücken. Für Vater gehörte eine Frau an den Herd, sie hatte Kinder zu bekommen und den Haushalt zu schmeißen, Punkt. Er wurde allerdings durch die Durchsetzungskraft seiner Töchter eines Besseren belehrt. Lissi hatte auch eine Lehre gemacht, sie war aber so völlig anders als ich. Lissi hatte sich von Vater nie etwas gefallen lassen. Durch ihre burschikose Art bot sie ihm Paroli und sagte ihm, wo es für sie langging. Sie war in der Beziehung ein wenig die weibliche Vorreiterin für mich. Uns trennten ja nur zwei Jahre Altersunterschied. Und trotzdem versuchte Vater immer wieder, seine alten Klamotten aufzufahren, schließlich war er der Chef, er hatte das Sagen. Das konnte er mit Mutter machen, aber nicht mehr mit uns.

Meine Brüder dagegen hatte er fest an der Kandare. Wie gesagt, er bestimmte sehr gern, er war despotisch und dogmatisch. Ich glaube, der innigste Wunsch meines Bruders Franz war es auch nicht unbedingt, die Gaststätte zu übernehmen, aber was hatte er für eine Wahl? Der älteste Sohn hatte das so zu machen, ob es seine Bestimmung war oder nicht. Er war damit sehr unglücklich, machte aber trotzdem weiter. Franz heiratete eine Frau, die eher Vater gut fand, weil sie als Wirtsfrau etwas taugte. Dann bekamen sie auch noch zwei Kinder, für die sie eh nie Zeit hatten durch die Kneipe. Da wiederholte sich die gleiche Geschichte wie bei uns. Mutter immer in der Kneipe, Vater nie da, oft betrunken. An Materiellem hat es nie gefehlt, aber an Zuneigung und Liebe, die Kinder dringender brauchen als alles andere auf der Welt.

Eines Tages packte die Frau von Franz die Koffer, nahm die Kinder und weg war sie. Jetzt stand er alleine da, musste die ganze Arbeit selbst verrichten. Meine Eltern halfen ihm, doch sie wollten und konnten aus gesundheitlichen Gründen nicht mehr so viel arbeiten. Sie wohnten im gleichen Haus zusammen, in unserem Elternhaus. Das war wohl mit ein Grund, weshalb die Frau von Franz abgehauen ist, sie hatte nie Feierabend, nie Freizeit. Wenn sie nicht in der Kneipe war, dann ging es in der Wohnung weiter mit der Hausarbeit. Unterstützung hatte sie da keine von Franz. Der hatte es bei Vater nicht anders gelernt, Frauen hatten das alles allein zu bewältigen, Kinder, Haushalt, Wäsche waschen und so weiter und so fort. Unsere Mutter musste ja zu allem Überfluss noch am späten Abend nach getaner Arbeit meinem Vater das Fußwaschwasserbad ins Wohnzimmer bringen und auch wieder wegräumen. Ja, so war das.

Alice Schwarzer mit ihrer EMMA, das war sicher auch nicht alles okay, aber wenn unsere Mutter nur ein klein wenig von dieser Emanzipation mitbekommen hätte, wäre das schon gut gewesen. Doch sie hatte sich entschieden, dieses Leben zu führen und das würde sich auch nicht ändern. Mein anderer Bruder, Karl, kam leider unter die Räder. Er verfiel den Drogen, die zu dieser Zeit hart konsumiert wurden. Er war auf einmal verschwunden, niemand wusste wo er war. Das brach meiner Mutter das Herz. Davon konnte sie sich nie mehr erholen. Vater unternahm die verschiedensten Versuche ihn zu finden, aber immer ohne Erfolg. Auch die Polizei fand keine Hinweise wo er sich aufhalten könnte. Wir mussten annehmen, dass er nicht mehr lebte.

Nun wieder zu mir. Mina, die eigentlich Rosa war. In mir schlummerten ungeahnte Möglichkeiten. In der Bäckerei, in der ich meine Lehre machte, erkannte mein Meister sehr schnell, dass es gut wäre, meine neuen Ideen umzusetzen. Der Meister war begeistert von mir. Meine Lehrzeit wurde verkürzt, wegen außerordentlichen Leistungen in Schule und Betrieb. Zu guter Letzt war ich bei der Gesellenprüfung die Beste. Na, Vater, dachte ich, jetzt habe ich es dir gezeigt, von wegen Frauen brauchen keinen Beruf.

Die Erdenmenschen, die unsere Backwaren kauften, waren begeistert, es sprach sich herum, dass wir das beste Brot und die schönsten Torten und Gebäckstücke hatten.

Da ich nun mein eigenes Geld verdiente, suchte ich mir eine eigene kleine Wohnung. Endlich raus aus diesem Tyrannenhaus. Lissi, meine Schwester, war bereits ausgezogen und das Haus wurde immer leerer. Karl war weg, die Frau und die Kinder von Franz auch und jetzt noch ich. Meine Mutter wurde immer trauriger durch diese Geschehnisse. Über meinen Erfolg und das, was ich tat, konnte sie sich eh nie freuen. Das war Nebensache für meine Eltern. Ich konnte machen, was ich wollte, ich fand nie Anerkennung. Bis ich irgendwann verstand, dass es nicht notwendig war, von irgendjemandem Anerkennung zu bekommen. Es reicht, sich selbst anzuerkennen, somit entsteht keine Abhängigkeit von Dritten. Das wollte ich erreichen, von nichts und niemandem abhängig sein.

So kam es dann auch, dass ich, sobald es möglich war, meine Meisterprüfung als Bäckerin machte. Wie sollte es anders sein, mit Bravour schloss ich die Prüfung ab. Wir schrieben das Jahr 1982 und ich war mit meinen 22 Jahren die jüngste Bäckermeisterin in Hessen.

Da ich nie viel Geld ausgegeben hatte – wie auch, wenn

man nie ausgeht – und ich für meine Kinderarbeit in der Kneipe meiner Eltern zumindest bezahlt wurde, konnte ich eine schöne Summe zusammensparen. Damit hatte ich die Möglichkeit, die kleine Bäckerei von meinem Meister zu übernehmen. Er half mir mit den Finanzen, so wurde ich selbstständig und mein eigener Herr. Teure Kleidung brauchte ich ja auch keine, ich stand sowieso immer in meinem Laden. Aber das erfüllte mich, vorläufig zumindest.

Mit viel Erfolg arbeitete ich Tag und Nacht aus ganzem Herzen heraus. Nachts stand ich in der Backstube und tagsüber verkaufte ich meine Backwaren. Eben mit Liebe. Ich spürte meine rosagrüne Energie, die ich als Rosa war, so allmählich wieder. Es ist nämlich so, wenn ein Erdenmensch authentisch lebt, oder zumindest das tut, was er von Herzen gerne macht, spürt er die Energie in sich, die ihn eigentlich ausmacht.

Eines Tages, es war ein ganz normaler Mittwochmorgen, ging die Ladentür auf, ein Mann trat ein und sagte »Von draus vom Walde komm ich her!« Alle, die im Laden waren, lachten, denn es war März und er kam mit einem Nikolausspruch daher. Das war ein Pfiffikus. Es war ein Vertreter einer Süßwarenfirma, der mir klarmachen wollte, dass ich doch ein tolles Zusatzgeschäft machen könnte mit den Süßigkeiten, die er in seinem Programm hatte. Denn die vielen Schüler, die nach der Schule an meiner kleinen Bäckerei vorbeiliefen, würden bestimmt das ein oder andere kaufen wollen.

Das war auch so eine Sache. Die Medien, also Radio, Zeitungen und vor allem der Fernseher, manipulierten die Erdenmenschen so geschickt, dass sie, ohne es zu merken, Dinge kauften, obwohl sie sie eigentlich gar nicht wollten.

Dass man die unbedingt braucht oder essen muss, hatten die Medien ihnen suggeriert, eingebläut. Gerade Kinder sind da die besten Opfer. So macht man Geschäfte. Hier steckt ein großer Machtanspruch dahinter. Die Erdenmenschenherde wird in eine Richtung getrieben, dahin, wo man sie haben will. Dass sie recht viel konsumieren und, wenn es geht, durch diesen Konsum auch noch krank werden, dann geht die Spirale weiter. An kranken Erdenmenschen lässt sich gut Geld verdienen. Ja, das liebe Geld, ohne das es auf der Erde gar nicht geht. Nicht umsonst gibt es den Spruch »Geld regiert die Welt«. Solange das alle glauben, ist es ja gut, dann werden sie sich dementsprechend verhalten. Immer mehr haben müssen, diejenigen, die weniger haben, sind nichts wert. Das Geld klassifiziert die Erdenmenschen. Nach dem Motto, »die da oben« und »die da unten«.

Bevor ich dem pfiffigen Vertreter klarmachen konnte, dass es in meiner Bäckerei sowieso die besten und mit Bedacht hergestellten Leckereien gab, bemerkte ich, wie sich zwischen uns eine Spannung aufbaute, die kaum auszuhalten war. Mit einem Mal funkte und blitzte es im ganzen Laden, wie Stromschläge, die sich entluden. Aber ich glaube, das haben nur wir beide wahrgenommen.

Von diesem Moment an war klar, ich hatte meine Ergänzung gefunden. Das war der Mann meines Lebens. Wir verliebten uns in Sekundenschnelle – wieder die Schnelligkeit, die mich begleitete – es war wundervoll.

Ja, das Leben kann voller Wunder sein, wenn man es zulässt.

Dieser Mann war Noel, der als Leon auf der Erde wiedergeboren wurde, um mir zur Bewältigung meiner Lebensaufgabe zur Seite zu stehen.

Zwischen Leon und mir entwickelte sich eine Zuneigung,

die mit Worten nicht zu beschreiben war. Insgeheim haben wir gefühlt, dass wir uns längst kannten, aus unserem Dasein auf dem blaugoldenen Stern. Dies hatte aber für uns hier auf der Erde zunächst keine Bedeutung. Der große Unterschied, dass wir jetzt Materie waren, war uns allerdings bewusst. Wenn wir zusammen waren und uns liebten, waren wir eigentlich auf einem anderen Stern. Leon hatte das Programm in meiner Hirnsoftware, die ja auf Abwehr gegenüber Männer programmiert war, gelöscht. Man könnte auch sagen: Durch unsere perfekte Ergänzung wurden wir EINS. Wir sind ineinander verschmolzen, so stark, dass man uns nie mehr hätte trennen können. Es gibt eine Vorstellung der Erdenmenschen, dass man sich in diesem Zustand der Vereinigung wie im Nirwana oder in Shambala, dem Nichts, das doch Alles bedeutet, befinden soll. Für uns war es nicht mehr nur die Vorstellung, sondern Realität.

Wir verstanden uns in jeglicher Hinsicht. Es war wie der Himmel auf Erden.

Leon und Mina.

Leon hatte natürlich auch nur notgedrungen den komischen Beruf des Vertreters einer Süßwarenfirma, denn es war klar, dass sich alles ändern würde, nachdem wir uns wiedergefunden hatten.

Die Blaugoldsternler vom blaugoldenen Stern

Der blaugoldene Stern ist die Heimat reiner Energien in den Farben rot, orange, gelb, grünrosa, blau, violett und gold. Die Farbenergien Weiß, Silber und Schwarz haben jede einen eigenen Stern in diesem Sternensystem. Diese Farbenergien bedingen und ergänzen sich in harmonischer Weise. Es gibt auf dem blaugoldenen Stern kein Konkurrenzdenken, kein Für und Wider, keine Zeitrechnung, vor allem gibt es kein Geld, denn wo keine Materie vorhanden ist, sondern nur das Wahre, Reine, da braucht es kein Zahlungssystem. Es ist alles ganz einfach. Jede Energie gibt der anderen, was sie benötigt, um existieren zu können. Ohne Machtanspruch.

Jede Energie in ihrer Einzigartigkeit könnte für sich alleine leben. Doch sie wissen, dass sie alle EINS sind und sich somit einander nicht nur bedingen, sondern auch ergänzen. Von jeder Farbenergie gibt es unzählige Wesen. Und jede Farbenergie hat ihre eigene Aufgabe. Auch hat jede Farbenergie ihre ganz eigene, bestimmte Frequenz und daraus resultierend ihre eigene Schwingung.

Hier gibt es die Verbindung zu den Erdenmenschen. Die Erdenmenschen besitzen sieben Hauptkraftenergiezentren, die jeweilig mit diesen Farbenergien angereichert sind, und wenn sie in ihrer Schwingung, das heißt in ihrer eigenen, bestimmten Frequenz laufen, ist der Erdenmensch vollkommen in seiner Mitte. Daraus ergibt sich vollkommene Gesundheit im Sinne des erdenmenschlichen Verständnisses. Dort, wo alle Energien im Gleichklang schwingen, kann keine Störung sein, nur Harmonie. Alle sind in einem und in einem sind alle. Wenn all diese Farben präsent sind, in gleichem Maße, dann herrscht Frieden, dann herrscht

Einigkeit. Die Verbindung zu Gott, der übrigens auf dem weißen Stern, dem Stern der reinsten Energie, zu Hause ist, wird dadurch widergespiegelt. Denn Weiß beinhaltet alle Farben, es ist das reinste Licht, so rein, dass ein Erdenmensch sofort erblinden würde, wenn er hineinblickte.

Einigkeit und Frieden und viel Liebe können die Erdenmenschen empfinden, wenn sie einen Regenbogen mit allen Spektralfarben sehen. Daran sind wir Farbenergien maßgeblich beteiligt, wenn ein Regenbogen zu sehen ist, zeigen wir uns und erinnern an die Verbindung zu Gott.

Die schwarzen Energien haben einen eigenen Stern, den schwarzen Stern, sie sind die Schattenseiten der gewesenen Erdenmenschen, sie werden nach der Transformation abgespalten und fristen ihr Dasein zusammen. Sie können sich jederzeit überlegen, wo und wie sie einem Erdenmenschen beistehen können in einem Erdenmenschenleben, denn auch die Schattenseiten gehören dazu. Energie geht niemals verloren, so auch diese nicht.

Die silberne Energie ist etwas ganz Besonders. Sie hat daher einen eigenen Heimatstern und übergeordnete große Aufgaben. Die silberne Energie ist die Verbindung zwischen weiß und schwarz. Auf dem silbernen Stern leben diejenigen, die noch viele Lektionen zu lernen haben. Die Silberschnur – bei diesen Lebewesen besteht sie noch – ist die Verbindung von allen Farbenergien. Wenn alle Lektionen gelernt und auch die Schattenseiten integriert und dadurch aufgelöst sind, braucht es keine Silberschnur mehr, dann sind auch die Farbenergien frei.

Die Aufgabe der Farbenergien ist es, einen Ausgleich herzustellen, wenn bei einem Erdenmenschen in seinen Kraftzentren ein Ungleichgewicht entsteht. Dieses Unterfangen gestaltet sich immer schwieriger, da diese Kraftzentren der Erdenmenschen massiv gestört werden durch ihren Lebenswandel auf dem Planeten Erde. Die Erde ist einzig und allein eine Art Schule. Die Farbenergien lernen mit den Erdenmenschen zusammen bestimmte Lektionen auf diesem Planeten. Es geht um Transformation. Erst wenn alle Lektionen gelernt sind, darf der Erdenmensch wieder als reine Energie in dieser wunderbaren Form existieren.

Nun zu den einzelnen Aufgaben der Farbenergien:

Die rote Farbenergie
Bei den roten Farbenergien geht es um Verwurzelung und Urvertrauen. Um Kräfte, um die Urkraft, das Blut, den Lebenssaft. Das Feuer und die *Schlange*. Die roten Farbenergien im roten Kraftzentrum werden entfacht, wenn es um essenzielle Dinge geht wie Fortpflanzung. Es geht um Triebe, um Samen und säen. Aufnehmen, wachsen lassen und gebären. Leidenschaft und Liebe zum Leben.

Dieses Kraftzentrum befindet sich beim Erdenmenschen ganz unten am Rumpf zwischen den Beinen.

Wenn in diesem Energiezentrum zu wenig rote Farbenergie fließt, gerät der Erdenmensch ins Ungleichgewicht, vor allem in der Verbindung zu seinem Planeten Erde. Die Erde wird auch Mutter Erde genannt, weil sie die Gebärende ist, die alles Leben als Materie auf der Erde bewirkt. Auch die Tierlebewesen entstehen dadurch. Die Tierlebewesen sind Helfer der Erdenmenschen, nur verstehen es die Erdenmenschen nicht so. Da in diesem Energiezentrum die animalische Kraft sehr präsent ist, haben die Erdenmenschen, die hier Defizite haben, ein gestörtes Verhältnis zu den Tierlebewesen. Sie machen sich die Tierlebewesen zum

Untertanen, weil sie denken, sie seien etwas Besseres, was im Umkehrschluss wieder zu einer erheblichen Störung ihres roten Kraftzentrums führt.

Eine Störung des roten Energiezentrums macht sich auch dadurch bemerkbar, dass der Erdenmensch keine Kraft hat, absolut keine Energie, sein Leben gemäß seiner Lebensaufgabe, die er auf der Erde zu erfüllen hat, zu leben. Dann ist es die Aufgabe der roten Farbenergien, durch bestimmte Erdenmenschen, die die Fähigkeit besitzen, diese weiterzuleiten, mit der roten Energie wieder aufzufüllen, oder bei einem Überschuss rote Energie herauszunehmen.

Wir Farbenergien sind eine übergeordnete Existenz, die innerhalb und auch außerhalb eines Erdenmenschen eine große Rolle für ein Erdenmenschenleben spielt. Auch wenn wir getrennt voneinander existieren, sind wir doch alle eins. Das ganze Universum, zu dem alle Sterne, Planeten und sonstige Sphären gehören, ist eins.

Bei einem Überschuss roter Energien kann es zu Aggressionen, Gewalttätigkeit, zu viel Hitze im materiellen Körper und unmäßigen Trieben kommen. Es entsteht ein Energiestau, der nur schwer beherrschbar ist. Zu viel Feuer kann dann bedingen, dass der Erdenmensch nahezu verbrennt. Wenn kein Ausgleich geschaffen wird, könnte es passieren, dass der Erdenmensch transformieren muss, das heißt, er müsste sterben, in und mit diesem materiellen Körper aufhören zu existieren, und noch mal von vorne anfangen. Klingt für Erdenmenschenohren nicht gut, denn sie denken, dass mit dem Tod alles zu Ende ist. Aber damit weit gefehlt: Es ist ein Neubeginn, ein Umzug in ein anderes Haus.

Die orange Farbenergie

Die orange Farbenergie ist die pure Lebensfreude, Genuss, Lebhaftigkeit, Ausgelassenheit und Emotionen. Hier herrscht Wärme, aber keine Hitze wie im direkten Feuer. Dieses Kraftzentrum befindet sich beim Erdenmenschen unterhalb des Bauchnabels. Wenn diese Farbenergie in ihrer Frequenz ist, kann alles fließen. Es befähigt den Erdenmenschen im Hier und Jetzt zu sein, den Moment zu leben. Alle Sinne werden aktiviert. In diesem Kraftzentrum ist der *Löwe* zu Hause, die Kraft und Schönheit eines Königs. Die königliche Herrschaft in diesem Energiezentrum ermöglicht Dinge, die man nicht einmal zu träumen wagt. Unendliche Kreativität ist möglich, sie bringt die Freiheit. Vor allem emotionale Freiheit.

Das ursächliche vieler Probleme und Krankheiten der Erdenmenschen gründet in den Emotionen Angst, Eifersucht und Wut. Über die emotionale Ebene können sich die Krankheiten im materiellen Körper manifestieren.

Wenn das orange Energiezentrum Defizite hat, kommt es zu übermäßigem Genuss in verschiedenen Bereichen. Zu viel Essen, zu viel Sex, zu viel haben wollen, alles festhalten, nicht loslassen können. Ja, zu tiefer Traurigkeit und Niedergeschlagenheit führt es, wenn hier die Frequenz nicht stimmt. Die Energien geraten ins Stocken, der Fluss staut sich und läuft über. Die Emotionen laufen über, der Erdenmensch riskiert einen Nervenzusammenbruch. Alles entgleitet ihm. Die schöpferischen Kräfte sind verschwunden.

Bei einem Ungleichgewicht der orangen Farbenergien beginnt die Oberflächlichkeit, die emotionale Vereinsamung.

Die gelbe Farbenergie
Dieses Zentrum ist das Zentrum der Mitte. Es befindet sich beim Erdenmenschen auf der Höhe des Magens. Strahlend wie die Sonne. Wenn die Frequenz im Sonnenenergiezentrum in Harmonie schwingt, ist es ein Gefühl wie nach einem angenehmen Sonnenbad. Der Körper des Erdenmenschen fühlt sich durchflutet an. Überall ein wohliges Gefühl, so warm, so weich. Wie aufgetankt mit der gelben Farbenergie, wie ein glitzernder Bernstein. Hier befinden sich das alte Wissen und die Weisheit, die, wenn sie genutzt werden, Potenziale freisetzen. Dann wird das Unmögliche möglich sein. Das gelbe Energiezentrum gehört zur *Eule* mit ihrer großen Wahrnehmungsfähigkeit, das uralte Erbe befähigt auch dazu, die unsichtbaren, verborgenen Dinge zu sehen, hinter den Schleier zu blicken.

Doch wenn diese Energien durch einen Machtwillen benutzt werden, kann es für den Erdenmenschen sehr zerstörerisch werden. Der Machtwille und die Gier bringen ihn um.

Disharmonien im gelben Energiezentrum erzeugen sehr viel Angst. Angst und Furcht auf allen Ebenen. Der Erdenmensch, der dies erlebt, will nur noch flüchten, er hält es fast nicht aus vor Angst, sie ist nicht kontrollierbar, nicht beherrschbar.

Die grünrosa Farbenergie
Dieses Energiezentrum ist eines der wichtigsten. Es befindet sich beim Erdenmenschen in Höhe des Herzens. Es wird erleuchtet durch die grünrosa Farbenergien. Hier ist die unendliche Liebe, die ermöglicht, alles zu verzeihen. Wenn dieses Energiezentrum bei dem Erdenmenschen in

vollkommener Harmonie schwingt, bedeutet das die absolute Glückseligkeit.

Der *Schwan* gehört zum grünrosa Energiezentrum. Der große Heiler und die große Heilerin breiten ihre Flügel aus und bitten den Erdenmenschen, sich so zu akzeptieren wie er ist. Es geht um Selbstliebe. Geflügelte Liebe mit geflügelten Herzen.

Ein Defizit dieser grünrosa Energie führt zu Hass, Selbsthass, Verleugnung und Ablehnung von Liebe. Es breitet sich ein Gefühl von absoluter Nichtakzeptanz aus. Wenn die Herzensenergie blockiert ist, erstarrt der Erdenmensch zu einer Salzsäule. Seine Selbstzweifel zerfressen ihn. Er ist nicht in der Lage, Liebe anzunehmen, geschweige denn Liebe zu geben.

Ein Erdenmensch, der schon zu viele Verletzungen in diesem Energiezentrum erlitten hat, wird es sehr schwer haben, auf der Erde zu überleben. Im schlimmsten Fall wird er gewalttätig und versucht auf diese Weise, seinen Schmerz zu kompensieren. Dies gelingt jedoch nicht, denn was er anderen antut, fügt er sich selbst zu. Er gerät in einen Teufelskreis.

Wir grünrosa Energien sind dafür da, dies zu verhindern, indem wir so viele grünrosa Farbenergien wie möglich in diesem Zentrum auffüllen.

Die blaue Farbenergie
In diesem Zentrum geht es um Ausdruck. Ausdruck dessen, was wirklich ist. Was wahr ist. Der Stimme Ausdruck verleihen durch Sprache und Gesang. Die Kommunikation zwischen den Erdenmenschen geschieht zu einem großen

Teil über dieses Zentrum. Dieses Energiezentrum befindet sich in der Mitte des Halses auf der Höhe des Kehlkopfes.

Hier ist der *Delfin* zu Hause. Der Urgeist, der Urseelenklang, der die Ursprache kennt, um mit bedingungsloser Liebe Verbindungen auf allen Ebenen zu schaffen. Spielerisch das Leben genießen. Aus der Fülle des Kosmos die unerschöpfliche Energie einatmen. Einatmen und ausatmen, wesentliche Mechanismen, um als Erdenmensch zu existieren.

Die blaue Farbenergie schwingt auf einer ganz besonderen Frequenz. Wenn diese Frequenz gestört ist, kann der Erdenmensch keine Verbindungen mehr herstellen. Er ist wie abgeschottet. Wenn die blaue Energie nicht fließen kann, entsteht ein Stau ungeahnten Ausmaßes. Dann helfen wir blaue Farbenergien und bringen einen Ausgleich, sodass der Erdenmensch wieder auf Empfang gehen kann.

Die violette Farbenergie
Dieses Energiezentrum nimmt eine übergeordnete Stellung ein. Es befindet sich beim Erdenmenschen in der Mitte der Stirn. Dies ist ein Tor zur geistigen Welt, um mit anderen Systemen in Verbindung zu treten. Hier geht es um Erleuchtung, Klarheit und Schöpferkraft. Um den Blick für das Ganze.

So wie der Adler, der sich in die Lüfte aufschwingt um die großen Zusammenhänge und tieferen Wahrheiten zu erkennen. Der *Adler* gehört zum violetten Energiezentrum. In diesem Energiezentrum verbindet sich Vater Himmel mit Mutter Erde, es ist göttlich. Ist diese Frequenz gestört, kann der Erdenmensch seine Verbindung zu Gott nicht mehr spüren. Sein höheres Selbst vereinsamt. Er kann keinen klaren Gedanken mehr fassen. Eine Art Verblendung nimmt ihm die klare Sicht.

Die violetten Farbenergien haben die Aufgabe, die Spiritualität zu stärken um den Erdenmenschen immer vor Augen zu halten, wo er eigentlich herkommt. Sie reinigen und bereinigen unnötige Belastungen, die sich im Laufe eines Erdenmenschenlebens hier anhäufen.

Die goldene Farbenergie

Das goldene Energiezentrum nimmt eine absolute Sonderstellung ein. Es steht über allem. Kosmische Kräfte wirken hier. Die Weite des Kosmos versinnbildlicht dieses Kraftzentrum. Hier geht es um Reinheit, Heilung, kosmische Kraft und Magie.

Die goldene Energie verleiht die Kraft zur Selbsterneuerung.

Das *Einhorn* ist hier zu Hause. In diesem Energiezentrum vermittelt das Einhorn zwischen den Licht- und Sternenwelten zum Erdenmenschen. Die Botschaften kommen direkt aus der Quelle. Erdenmenschen, die befähigt sind mit dem Herzen zu sehen, können diese Schwingung wahrnehmen, aus dem Herzen der Wahrheit.

Leon, der eigentlich Noel von der goldenen Farbenergie war, schöpfte aus dieser unendlichen Kraftquelle in seinem Erdenmenschenleben. Ihm gelang alles, was er in die Hand nahm. Er wurde auf allen Ebenen geführt. Er zählte zu den Erdenmenschen, die im Grunde genommen schon am Ziel waren und wenige Lektionen zu lernen hatte. Das war ja auch der Plan, er wollte mich, Mina, die eigentlich Rosa war, unterstützen, sodass ich meine Aufgabe hier auf der Erde ausführen konnte.

Wir lebten sehr glücklich miteinander. Der Alltag, wie man das auf der Erde nennt, brachte zwar auch das eine oder andere Problem, doch unsere tiefe innere Verbundenheit war so stark, dass dies unsere Verbindung nicht wirklich erschüttern konnte.

Ich arbeitete sehr viel, und es wurde immer mehr. Leon bat mich darum, mir Unterstützung zu holen, doch ich hörte nicht auf ihn. Die Erdenmenschen kamen inzwischen nicht mehr nur wegen des schmackhaften Gebäcks in meinen Laden. Nein, sie kamen, weil sie spürten, dass hier etwas ganz Besonders mit ihnen geschah.

Eine Tages betrat Frau Holzhausen meine Bäckerei. Wie so oft erzählten die Kundinnen und Kunden von ihren Krankheiten. Ich wusste sehr viel über Ernährung und beriet meine Kunden oft in dieser Hinsicht. Frau Holzhausen war eine Stammkundin. Sie unterhielt sich mit mir über ihre Beschwerden. Sie hatte schon seit Jahren Rückenschmerzen, kein Arzt konnte ihr helfen. Alle Maßnahmen wurden schon getroffen. Frau Holzhausen war verzweifelt. Sie erzählte mir, dass das alles anfing, nachdem ihr Mann gestorben war. Sie liebte ihren Mann so sehr. Es war unendlich schwer für sie zu begreifen, dass er nicht mehr bei ihr war. Das nahm ihr den ganzen Halt, im wahrsten Sinne des

Wortes, denn die Wirbelsäule der Erdenmenschen reagiert sofort, wenn auf der geistigen Ebene solche einschneidenden Dinge passieren. Die Wirbelsäule verliert ihre Standfestigkeit, klappt regelrecht zusammen, kann nicht mehr aufrecht stehen, ohne Schmerzen zu leiden. Die meisten Krankheiten der Erdenmenschen beginnen auf der geistigen Ebene und zeigen sich dann auf der materiellen Ebene, sodass der Erdenmensch aufmerksam darauf achten und an diesem geistigen Zustand etwas ändern sollte. Der materielle Körper versucht nur anhand der Signale sozusagen Symptome aufzuzeigen und darauf hinzuweisen, wo etwas in die falsche Richtung läuft. Wenn nun die Selbstheilungskraft durch die Harmonisierung der Farbenergiezentren angeregt wird, schafft es der Erdenmensch, wieder Ordnung in sein System zu bringen. Dies kann sehr schnell und auch ganz einfach geschehen.

Plötzlich waren Frau Holzhausen und ich nur noch zu zweit im Laden. Frau Holzhausen erzählte weiter von ihren Beschwerden, und während ich noch hinter der Theke stand, bekam ich auf einmal einen Impuls, der mir sagte: »Geh zu dieser Frau lege ihr deine linke Hand auf den oberen Rücken und die rechte Hand auf den unteren Rücken.« Ich dachte nicht viel nach, ging zu Frau Holzhausen und legte meine Hände an diese Stellen. So standen wir für einige Minuten da. Keiner sagte ein Wort. Es kamen auch keine neuen Kunden herein, die diesen weißen, magischen Moment hätten stören können. Die Erdenmenschen, die dazu fähig wären, hätten sehen können, wie sich bei Frau Holzhausen die Farbenergien in ihren Kraftzentren verändert hatten. Ein Ausgleich in allen Energiezentren war geschehen, da wo zu viel war, wurde reduziert, wo zu wenig war, aufgefüllt. Frau Holzhausen wusste gar nicht, wie ihr geschah, doch sie spürte, dass etwas ganz Außergewöhnliches mit ihr passiert war. Als ich meine Hände wieder wegnahm, fühlte sich die Frau erst einmal wie benommen. Ich bot ihr den Stuhl an, der in der Ecke stand für diejenigen, die mal einen Moment warten mussten wenn der Laden zu voll war. Sie saß da und verspürte keinen Schmerz mehr. Sie fing an zu weinen. Ich war selbst überwältigt von dem, was eben geschehen war. Das war der Anfang meines Daseins als Heilerin.

Von diesem Moment an war mein Leben nicht mehr wie vorher. Ich spürte die unendliche Kraft in meinen Händen noch Stunden danach. Diese ausgleichenden Heilkräfte gingen durch mich hindurch und bewirkten auch in mir einen Zustand der Glückseligkeit. Ich war so glücklich, das erleben zu dürfen. Mein bisheriges Leben zog vor meinem geistigen Auge im Zeitraffer vorüber. Ich war so unendlich dankbar für diese Erfahrungen. Mir war mit einem Mal bewusst, welche großen Aufgaben noch vor mir lagen.

In mir war ein Feuer entfacht worden, das nie mehr aufhörte zu brennen. Doch wie sollte es jetzt weitergehen? Ich musste erst mal meine Gedanken sortieren. Wie sollte ich nun damit umgehen? Das, was hier geschehen war, hatte mit der sogenannten erdenmenschlichen Realität nichts zu tun. Das würden die nicht verstehen. War ich denn überhaupt dazu fähig, Erdenmenschen zu helfen, ihre Defizite und ihr Mangelbewusstsein auszugleichen? Ja, und überhaupt, ich war doch Bäckerin, wie sollte ich da jetzt Heilerin sein? Hier auf der Erde braucht man für so etwas eine Erlaubnis, ja, das kann man nicht einfach so machen. Man braucht eine Bescheinigung auf der steht, dass man dazu berechtigt ist. So einfach geht das nicht, auf der Erde braucht es generell für alles Bescheinigungen und Formulare, wenn es geht noch von jedem Formular acht Durchschläge, auf denen steht, wer, wie, wo, was zu tun hat oder darf. Ohne diese Papiere geht gar nichts. Das geht schon los, wenn du auf die Welt kommst. Erst Geburtsurkunde, dann Personalausweis und so weiter bis zur Sterbeurkunde, damit du auch nachweisen kannst, dass du existiert hast und auch wieder gegangen bist. Alles muss beurkundet und schriftlich festgehalten werden. Du musst ja irgendwo registriert sein, sonst bist du nicht beherrschbar. Die Erdenmenschen sind eben sehr verhaftet mit solchen Themen.

Nun, wenn ich schon befähigt war, Erdenmenschen zu heilen, sollte ich mir überlegen, wie und was ich tun musste, um dies auf legitime Art und Weise machen zu können. Das bedeutete, eine Ausbildung zu machen, die mir diese Befähigung bescheinigte. Das ist lachhaft, denn ich könnte es auch ohne diese Bescheinigung und auch ohne dass irgendwelche andere Erdenmenschen darüber entscheiden, ob ich dazu fähig war oder nicht. Aber so ist es nun mal hier auf der Erde. Hier gibt es sogar schriftliche Abfassungen darüber, wie krumm oder gerade eine Salatgurke zu sein hat.

Inzwischen sind wir in den neunziger Jahren angekommen, es geschehen sehr viele Veränderungen auf diesem Planeten. Alles ist im Umbruch. Die Wirtschaftssysteme geraten teilweise in heftige Turbulenzen. In einzelnen Ländern zerfallen regelrecht ganze Systeme, wie zum Beispiel Versicherungssysteme. Das ist auch so eine grandiose Erfindung der Erdenmenschen. Sie glauben allen Ernstes, wenn sie einer Gesellschaft oder auch ihrem Staat eine gewisse Geldsumme bezahlen, dass sie sich damit absichern könnten. Diese Gesellschaften arbeiten dann mit diesem Geld und behaupten auch noch, dass es für alle Sicherheit bedeutet und zum Vorteil wäre, wenn man das so machen würde. Alles und jeder muss versichert sein. Ja, wogegen ist er denn versichert – gegen den Tod, gegen Krankheit, gegen sich selbst? Am meisten müsste der Erdenmensch vor sich selbst geschützt werden, denn er ist es, der diesen Planeten zerstört mit seinem »immer mehr«. Immer mehr Geld, immer mehr Technik, immer mehr von allem, bis der aufgeblähte Wachstumsballon platzt.

Und wenn die Medien suggerieren würden, dass es jetzt eine eierlegende Wollmilchsau gäbe und man sie unbedingt zum Leben bräuchte, würden die Menschen auch diese kaufen.

In diesen Zeiten sollte ich, Mina, hier leben. Das fiel mir nicht leicht. Oft lag ich abends in meinem Bett und dachte über die Erdenmenschheit nach, zu der ich ja auch gehörte. Trotzdem hatte ich immer wieder das Gefühl, genau wie in meiner Kindheit schon, dass ich gar nicht hierher gehörte.

In meinen Träumen wurde mir vieles gezeigt, auch, wie ich es anstellen sollte, mein weiteres Leben zu gestalten. Jetzt wusste ich auch, warum ich als Kind immer wieder den Traum von diesem schwarzen Mann hatte. Der schlich nachts die Treppen in meinem Elternhaus hoch, ging durch den Flur, bis er in meinem Zimmer stand und mich mitnehmen wollte. Ich wachte nach diesen Träumen schweißgebadet auf und wurde von einer unsäglichen Angst ergriffen, sodass ich am liebsten auf der Stelle tot gewesen wäre. Das hatte mit meinem Trauma, dem Unfall, zu tun. Der Unfall, mit dem ich mich eigentlich absichtlich wieder von dieser Erde verabschieden wollte, was ja nicht funktioniert hatte. Dieser schwarze Mann war der Kohlenmann, der mich damals aufhob und blutüberströmt in mein Elternhaus brachte. Dieser Kohlenmann stand sinnbildlich für die

Schattenseiten, die ich in meiner Kindheit erleben durfte, denn dieser Traum war irgendwann nicht mehr da. Nur die unsägliche Angst blieb. Obwohl ich immer noch an Panikattacken litt, ging es mir damit gar nicht so schlecht. Ich wusste, das alles, was einem Erdenmenschen geschieht, einen Sinn macht. Ich war mir auch darüber im Klaren, dass damals alle verfügbaren Farbenergien zur Stelle waren um zu verhindern, dass ich starb. Denn sonst hätte ich meinen Auftrag nicht erfüllen können. Aus diesem Grund konnte ich viele Dinge, die mir die Erdenmenschen erzählten – von ihren Befürchtungen, Krankheiten und Beschwerden oder was auch immer – genau nachempfinden, ich wusste, was sie damit meinten, denn wenn man selbst eine Erfahrung gemacht hat, gespürt hat, wie es ist, in einem schwarzen Loch zu sitzen und meint, nicht mehr herauszukommen, dann erst kann man einem anderen helfen. Das Verständnis für die Notlage des anderen wird um einiges besser durch das eigene Erlebte.

Als ich nach dem Erlebnis mit Frau Holzhausen am Abend nach Hause kam in unsere gemeinsame, heimelige Wohnung, saß Leon bereits am Esstisch und wartete auf mich. Er hatte wie fast jeden Abend ein köstliches Essen zubereitet. Er war ein fantastischer Koch.

Mir blieb für die Hausarbeiten wenig Zeit, da ich fast nonstop arbeitete. Leon hatte sich inzwischen von seinem Job verabschiedet. Er half mir mit all diesen lästigen Arbeiten wie Buchhaltung, dem Wareneinkauf und vielem mehr. Er kümmerte sich eben um alles drum herum. Das war sehr entlastend für mich. Dadurch konnte ich meiner Kreativität freien Lauf lassen.

Es waren die alltäglichen Dinge, mit denen ich nicht unbedingt etwas zu tun haben wollte. Anfangs dachte ich aus diesem Grund, ich wäre lebensunfähig, aber weit gefehlt, meine Aufgabe war eben eine andere. Es war üblich, dass jeder einen Führerschein besaß, wieder mal so eine Bescheinigung, die einen zu irgendwas befähigte, in diesem Fall zum Autofahren. Diese Bescheinigung hatte ich zwar auch erworben, konnte aber aufgrund meiner Halbblindheit das Autofahren nicht mehr ausüben. Das war aber auch gut so, denn wer weiß, was im Zusammenhang mit mir und einem Auto noch so alles hätte passieren können. Meine erste intensive Bekanntschaft mit einem Auto war ja auch nicht gerade die Beste. Überhaupt gab es im Zusammenhang mit dem Auto noch so eine Begebenheit aus meiner Kindheit. Man hat mich nie mit in den Urlaub nehmen können, da ich, sobald ich im Auto saß und die ersten Meter gefahren wurden, anfing mich zu übergeben. Alle fuhren in den Urlaub nach Italien ans Meer, nur die kleine Mina nicht. Die musste zu Hause bei den Großeltern bleiben. Das alles prägt einen Erdenmenschen.

Nun gut, ich erzählte Leon, was an diesem denkwürdigen Tag in meiner kleinen Bäckerei mit mir und Frau Holzhausen geschehen war. Leon sah mich nur an, lächelte und sagte: »Ich wusste schon immer, dass du etwas Besonderes und zu Besonderem fähig bist. Ich weiß auch schon lange, dass du diese Fähigkeiten besitzt, Erdenmenschen zu heilen. Deswegen werde ich dich in allem unterstützen, egal was jetzt auf uns beide zukommt. Wir sollten gemeinsam überlegen, wie wir vorgehen, um dir zu ermöglichen, als Heilerin zu leben.«

Wir stellten eine Verkäuferin für meine Bäckerei ein. Somit brauchte ich nur noch in der Backstube zu sein. Nachts buk ich und tagsüber lernte ich für die Ausbildung. Ich hatte ja schon als Kind die Erfahrung gemacht, dass das

Leben nur aus Arbeit besteht. Ich war es gewohnt, immer nur zu arbeiten. Ja, es ging so weit, dass ich dachte ich wäre nichts wert, wenn ich nicht arbeitete. Mein Selbstwertgefühl war trotz meiner Erfolge denkbar schlecht. Diese Programme, die einem einmal eingesetzt werden sind eben nicht so einfach wieder zu löschen.

Da konnte ich von Glück reden, dass Leon es geschafft hatte, mein »Männerhassprogramm« wieder zu löschen, sonst hätten wir nie unsere Vereinigung so erleben können, wie wir es taten. Immerhin waren wir zu diesem Zeitpunkt schon fast fünfzehn Jahre zusammen und liebten uns wie am ersten Tag. Leon war so ein einfühlsamer Mann, es war einfach schön mit ihm. Er war mein einziger Mann, so sollte es bleiben, bis uns der Tod schied, genauso wie die Erdenmenschen es sich bei ihrer Heirat versprechen. Eine Hochzeit brauchten wir nicht, wir wussten auch so, dass wir zusammengehörten.

Übrigens: Meine Schwester Lissi, die inzwischen ihren eigenen Friseurladen hatte, ließ sich trotz ihrer vor allem sexuellen Zuneigung zu Frauen dann später doch auf einen Mann ein. Sie liebte ihn, aber anders als man sich das so gemeinhin vorstellte. Sie erzählte mir, dass sie keinen Geschlechtsverkehr hatten, denn das Männerhassprogramm war bei ihr auch programmiert. Sie konnte nicht zulassen, dass der Penis in sie eindringt, alles verkrampfte sich. Antonio, ein sehr gut aussehender Halbitaliener, nahm das so hin, er gab sich mit anderen Dingen zufrieden, er hatte wohl auch eher eine Neigung zu Männern, die er aber nie auslebte. Antonio war auch Friseur, in diesem Beruf konnte er den hohen weiblichen Anteil in seinem Wesen ausleben. So arrangierten sich die beiden und konnten auch ohne die wirkliche, wahre Vereinigung zusammen sein. Sie liebten sich eben auf eine andere Art, ohne Sex, besser gesagt mit anderem Sex.

Sie lernte ihn auf einem von ihren unzähligen Friseurevents kennen. Wahrscheinlich fühlte sie sich zu ihm hingezogen, weil er eine stark ausgeprägte weibliche Seite hatte. Ihre eher männliche Art wurde durch ihn ausgeglichen. Sie ergänzten sich gut, aber ganz anders, als es mit mir und Leon war. Die beiden meinten, sie würden eine Hochzeit brauchen, um ihre Zusammengehörigkeit aller Öffentlichkeit kundzutun. Sie trauten sich zum Schein. Das wurde überdimensional gefeiert. Nach der kirchlichen Trauung ging es in einem blumenüberschmückten Luxusauto in ein Luxusrestaurant mit Sektempfang, Sieben-Gänge-Menü, weißem Kleid und Smoking und was sonst noch so alles dazu gehörte. Leon, meine Eltern und ich waren auch dabei. Franz wurde nicht eingeladen.

Meine Eltern waren inzwischen zwei alte Leutchen geworden, die wohl bald mehr Unterstützung von uns brauchten. Sie wurden sehr vergrämt mit den Jahren, zogen sich von allem zurück. Alles war negativ für sie. Dass mein Bruder Karl bis heute kein Lebenszeichen von sich gab, war für die beiden ein unüberwindbarer Kummer. Zu allem Überfluss hatte mein Bruder Franz die Kneipe in den Ruin getrieben. Nachdem seine Frau ihn verlassen hatte, war er selbst sein bester Gast. Er war jeden Tag betrunken, fing an zu spielen und verzockte das bisschen Geld, das von der Gaststätte hängen blieb. Das ging so weit, dass unser Elternhaus versteigert werden sollte. Meine alten Eltern mussten sich eine kleine Wohnung suchen. Franz versank in Selbstmitleid, im Alkohol und in der Spielsucht. Zum Schluss hatte er nur noch eine Einzimmerwohnung und vegetierte vor sich hin. Das war alles sehr, sehr traurig.

Lissi wollte von alldem nichts wissen, sie lebte mit ihrem Mann in ihrer eigenen Modewelt. Sie hielten sich beide für etwas Besseres. Sie empfand unsere Brüder als asozial, sie könne sich das nicht leisten mit ihrem Friseurladen mit so etwas in Verbindung gebracht zu werden. In diesem Punkt unterschieden wir uns grundsätzlich.

Das ist wirklich eine komische Angewohnheit der Erdenmenschen, dass sie immer durch irgendetwas oder irgendwen eine Bestätigung oder Bescheinigung brauchen um sich ihres Handelns wegen bestätigt zu fühlen. So bekamen meine Schwester Lissi und ihr Antonio einen Trauschein, oder auch Heiratsurkunde genannt. Ein Schein, dass man sich traut oder eben nur zum Schein traut. Na ja, die Tatsache, dass davon wieder mehrere Wirtschaftszweige leben, zeigt nur wieder mal zu deutlich, wie wichtig den Erdenmenschen das liebe Geld ist. Und wer sich nur zum Schein traut, der macht dann die Scheidungsanwälte reich. Das sind nämlich die Erdenmenschen, die wiederum die Scheidungsurkunde aushändigen, wenn sich zwei Erdenmenschen wieder trennen. Das kostet dann eine Menge Geld. Es ist einfach lächerlich, mit welchen Illusionen die Erdenmenschen leben.

Die Versteigerung meines Elternhauses, das ja schon im Besitz meiner Urgroßeltern war, konnte ich nicht einfach so hinnehmen. Meine Großeltern, die sich um mich in meiner Kindheit so fürsorglich gekümmert hatten, hatten für dieses Haus gelebt. Sie haben sich nie etwas gegönnt. Mein Großvater hat bis zu seiner Rente, das ist für die Erdenmenschen die Zeit, wenn sie aus dem Arbeitsleben ausscheiden, für dieses Haus gearbeitet. Daher konnte ich unmöglich zulassen, dass dieses Haus an irgendwelche fremden Leute versteigert wurde. Leon und ich waren uns einig, wir würden das Haus erwerben, auch wenn es uns schwerfiel, das dafür notwenige Geld aufzubringen.

Lissi und Antonio hatten schon ein eigenes Haus in dem auch ihr Laden integriert war, sie verdienten viel Geld und konnten sich dementsprechend viel leisten. Das dumme war nur, dass sich nach einiger Zeit herausstellte, dass Antonio kaufsüchtig war. Er definierte sich nur über Äußerlichkeiten wie Kleidung, Parfum, teure Autos, eigentlich alles, womit man nach außen hin zeigen konnte, wie viel man besaß. Ohne diese ganzen Sachen konnte er nicht leben. Er musste immer das Neueste vom Neuen besitzen, sonst ging es ihm schlecht. Der gehörte auch zu der Kategorie Erdenmenschen, die so eine eierlegende Wollmilchsau kaufen würden. Doch damit der schöne Schein gewahrt blieb, verdrängte Lissi dieses Problem. Dass diese Kaufsucht genauso eine Sucht war wie die Sucht unserer Brüder, davon wollte sie nichts hören, sie waren ja etwas Besseres. Lissi und Antonio, die Starfriseure der Stadt. Eben suchtkrank auf hohem Niveau. Dem Kaufsüchtigen sieht man es nicht an. Der hängt nicht im Delirium in einer Ecke, aber der landet, wenn es blöd läuft, irgendwann im Knast. Wenn er nämlich so verschuldet ist, dass gar nichts mehr geht.

Leon und ich, wir kauften mein Elternhaus. Natürlich waren eine Menge Umbauarbeiten zu verrichten. Leon konnte sehr viel alleine machen, aber für spezielle Dinge brauchten wir Handwerker. Das kostete sehr viel Geld.

Die Bäckerei lief inzwischen nicht mehr so gut. Frau Holzhausen hatte nur wenigen Erdenmenschen von ihrer Heilung erzählt, aber das genügte schon, dass schlecht über mich gesprochen wurde. Die Menschen sagten, dass ich wohl durchgeknallt wäre, dass das so ein esoterischer Voodookram-Quatsch wäre, ich eine Spinnerin sei. Denn der größte Anteil der Erdenmenschen war noch nicht so weit zu verstehen, was wirkliche, wahre Heilung bedeutete. Die Erdenmenschen merkten, dass ich mich immer mehr zurückzog. Meine Energie konzentrierte sich auf die Ausbildung zur Heilerin.

Diese Ausbildung kostete Geld, auf der Erde gibt es nichts umsonst. Die Erlaubnisurkunde darüber, dass ein Erdenmensch einen anderen heilen darf, das ist ein heiliges Wort, war sehr teuer.

Als meine Schwester Lissi von der Geschichte mit Frau Holzhausen hörte, wandte sie sich auch von mir ab. Mit solchen Leuten will man ja schließlich nichts zu tun haben. Das war nicht nachvollziehbar für den normalen Erdenmenschenverstand, dass Dinge möglich waren, die sie aus ihren Augen rein wissenschaftlich nicht beweisen konnten. Die Erdenmenschen hatten jegliches Gefühl für ihr wahres Dasein verloren. Die Verbindung zu ihrem Inneren war fast ganz verschwunden. Die innere Stimme wurde nicht mehr wahrgenommen.

Diese Geschehnisse brachten mich an den Rand meiner Kräfte. Ich wurde sehr krank.

Da wir ja Erdenmenschen waren, Leon und ich, und noch nicht so gut vertraut mit den wahren Heilungsmechanismen, kam ein Arzt zu mir nach Hause und verpasste mir irgendwelche Spritzen, nach denen es mir nur noch schlechter ging. Medikamente sollte ich nehmen, die meinen Zustand ebenfalls nur verschlimmerten anstatt ihn zu bessern.

Ich konnte mehrere Monate nicht arbeiten. Leon stellte

einen Bäcker ein. Das Geschäft lief zwar weiter, aber mehr schlecht als recht. Wir hatten jetzt Schulden bei der Bank, das sind Institute, die Erdenmenschen Geld leihen dafür, dass sie sich Dinge kaufen können, die sie sonst nie kaufen könnten. Allerdings verlangten sie dafür wiederum Geld. Das heißt einen Anteil der geliehenen Summe, Leihgebühr sozusagen, Zinsen nannten sie das. Also das geliehene Geld wurde durch die Zinsen imaginär vermehrt. Nur dieses Geld, das da mehr wurde, gab es eigentlich gar nicht. Das war genau der Punkt, der für die Erdenmenschheit den Ruin bedeuten konnte. Da verdienten Erdenmenschen an anderen Erdenmenschen Geld, das es überhaupt nicht gab. Auch wir waren nun in diese unsägliche Geldmühle hineingeraten. Aber was sollten wir tun. Es gab keinen anderen Ausweg.

Mich holten meine Panikattacken wieder ein. Sie wurden so schlimm, dass ich nicht mehr aus dem Haus gehen konnte. Ich fühlte mich gefangen. Ich hatte furchtbare Angst, dass ich nie mehr gesund werden würde. Der Arzt verordnete wieder Medikamente, aber die halfen mir nicht. Mittlerweile lehnte ich es ab, sie zu nehmen.

In der Gruppe meiner Heilerausbildung war eine Frau, sie hieß Maja, mit der ich mich auf Anhieb sehr gut verstand. Wir wurden sogar richtige Freundinnen mit der Zeit. Das war ja bei mir eher eine Seltenheit, dass ich eine Freundin hatte. Mir sind auf meinem Erdenmenschenlebensweg immer die Menschen geschickt worden, die mir ein Stück weit halfen, meine Aufgabe zu bewältigen.

Als sie mich besuchte und sah, wie schlecht es mir ging, schlug sie mir vor, zu einem Heiler zu fahren, der in Süddeutschland arbeitete.

Gesagt, getan, wir fuhren dorthin. Der Heiler behandelte

mich und war von dem Moment an mein großer Meister. Von ihm habe ich das meiste darüber gelernt, wie Erdenmenschen wirklich geheilt werden können. Er behandelte mich genauso, wie ich es damals intuitiv bei Frau Holzhausen gemacht hatte.

Er war auch vom blaugoldenen Stern, einer von der goldenen Energie genau wie Noel, der jetzt Leon war. Wäre mir damals als Fünfjährige dieser grässliche Unfall, den ich selbst herbeigeführt hatte, nicht passiert, hätte ich wahrscheinlich nie so einen innigen Kontakt mit den Farbenergien bekommen. Dieses traumatische Erlebnis befähigte mich, später mit ihnen in Kontakt zu treten. Anstatt mit dem Schicksal zu hadern, begriff ich, worauf es letztlich ankam, nämlich die richtigen Lehren daraus zu ziehen. Von da ab war mein Weg als Heilerin bestimmt.

Schnell genas ich und fand meine alten Kräfte wieder. Uri, der Heiler, begleitete mich für die kommende Zeit auf eine ganz besondere Weise. Es war gar nicht nötig, dass wir miteinander sprachen. Es genügte, wenn ich an ihn dachte und ihn um Hilfe bat. Die Energien können überall fließen, auch über Entfernungen hinweg, egal wie weit. Natürlich sahen wir uns auch in gewissen Abständen. Bei diesen Gelegenheiten behandelte er mich und sagte mir, welche Fortschritte ich gemacht hatte.

Bei solch einem Termin eröffnete er mir, dass ich nicht nur fähig wäre, die Farbenergiezentren der Erdenmenschen auszugleichen, sondern auch, dass ich eine der wenigen Erdenmenschen wäre, die mit drei besonderen Fähigkeiten auf dieser Erde waren. Ich könnte hellsehen, hellhören und hellfühlen. Nur war mir das noch nicht so bewusst, diese Potenziale konnten auch nur Stück für Stück aktiviert werden, sonst könnte es passieren, dass ein Erdenmensch dadurch in den Wahnsinn getrieben wird. Es war für mich streckenweise sehr anstrengend. Da war die reale Ausbildung, zu der die Anatomie, Physiologie und Pathologie des Erdenmenschen gehörten, ein Kinderspiel.

Die staatliche Prüfung zum Erhalt der Erlaubnisurkunde für die Berechtigung, Erdenmenschen zu heilen und vor allem, ihnen keinen Schaden zuzufügen, habe ich natürlich, wie sollte es anders sein, wieder mit Bravour bestanden. Aber es geht ja um ganz andere Prüfungen im Erdenmenschenleben, die viel wesentlicher sind als diese scheinbaren.

Ich bemerkte immer mehr meine Andersartigkeit, lernte aber durch die Begleitung von Uri dem Heiler, wie ich damit umzugehen hatte. Wie ich meine Fähigkeiten jetzt umsetzen konnte, ohne mich selbst für verrückt zu halten. Denn die Erdenmenschen glauben nur an das, was sie sehen oder begreifen, sprich anfassen können.

Ich spürte eine ungeheure Energie in mir, jedes Mal, wenn Uri mich behandelte, ob er das nun direkt oder aus der Ferne tat, war egal. Der Energieausgleich der Farbenergien in den Energiezentren musste immer wieder neu harmonisiert werden. Es gab zu viele Einflüsse, die diese Energien ins Ungleichgewicht gebracht hatten. Vor allem die Dinge, die in meiner Herkunftsfamilie geschehen waren, brachten mich immer wieder in Disharmonie. Die Erdenmenschen müssen sich solange mit ihrer Herkunftsfamilie auseinandersetzen, bis alle Geschehnisse geklärt und versöhnt sind. Damit hat ein Erdenmensch leider sein ganzes Erdenmenschenleben lang zu tun. Aber das ist gut so, denn nur so klettern wir eine Stufe nach der anderen höher auf der Himmelsleiter zu unseren Heimatsternen zurück, dahin, wo wir eigentlich hingehören. Der Tod, wovor die Erdenmenschen so eine Angst haben, ist nichts, wovor sie sich fürchten müssen, er bringt nur Transformation, entweder wieder auf die Erde zu kommen, oder eben in vollkommener Harmonie auf seinem Heimatstern zu leben. Die Zwischenstationen werden von uns selbst bestimmt, indem wir uns entscheiden so oder so zu leben.

Jedenfalls waren Leon und ich nur aus einem bestimmten Grund hier auf der Erde. Den Erdenmenschen zu zeigen, dass es möglich ist, auf eine ganz andere Art heil zu werden. Wir waren ja nicht die einzigen. Im Grunde genommen ist es ein immerwährender Prozess, die Heilwerdung. Wenn sie denn abgeschlossen ist, gibt es nichts mehr zu tun, außer in aller Wahrheit zu existieren.

So kam es dann, dass wir im untersten Stockwerk meines Elternhauses eine Praxis einrichteten. Schöne, lichtdurchflutete Räume, die einluden, in die Stille zu gehen. Weit ab von dieser schnelllebigen Zeit, die inzwischen herrschte.

Wir hatten das zwanzigste Jahrhundert verlassen und befanden uns nun im einundzwanzigsten Jahrhundert, das Jahrhundert der großen Veränderungen für die Erde und den dort lebenden Erdenmenschen.

Die Bäckerei hatten wir inzwischen dem Bäckermeister, der mich vertrat, übergeben. Er war Gott sei Dank in der Lage, uns eine gute Ablösesumme zu zahlen, diese verschwand postwendend wieder auf unserem Konto um unsere Schulden dort zu verringern. Es hatte keinen Sinn mehr, weiter daran festzuhalten. Obwohl mein Herzblut an der Bäckerei hing, immerhin hatte ich jahrelang meine ganze Kreativität und Energie in sie gesteckt. Nun gut, meine Aufgabe war jetzt eine andere.

Leon schaute sich nach einem Job um. Es war nicht so einfach, in diesen wirtschaftlich turbulenten Zeiten eine Stelle zu bekommen. Die Erdenmenschen mussten für sehr wenig Geld zu den denkbar schlechtesten Bedingungen arbeiten, zumindest das Gros der Erdenmenschen, das gemeine Fußvolk eben. Es galt wieder das Motto: die da oben und die da unten.

So entschied er sich, sich selbstständig zu machen. Er übernahm den Vertrieb für Aroma und Farböle, Essenzen aus Edelsteinen und Blüten, so konnten wir uns auch auf der beruflichen Ebene ergänzen. Düfte im Zusammenspiel mit den Farben und Edelsteinen üben eine besondere Faszination auf die Erdenmenschen aus. Die Pflanzenwelt bereichert durch ihre Duftvielfalt das erdenmenschliche Leben enorm. Die olfaktorischen Erlebnisse lassen die Erdenmenschen in Verbindungen und in bestimmte Schwingungen hineingelangen, die sie an ihren inneren Heiler erinnern. Ebenso die Mineralwelt mit ihren Edelsteinen, die durch die Erde wachsen und deren Schwingungen dafür da sind, den Erdenmenschen auf seinem Erdenmenschenlebensweg zu unterstützen. Nicht zu vergessen die Tierwelt mit ihren vielfältigsten Lebewesen, die auf ihre Art und Weise den Erdenmenschen in den unterschiedlichsten Bereichen zur Seite stehen und ihnen helfen, bestimmte Dinge besser zu verstehen, als es ihnen mit ihren begrenzten Denkweisen möglich ist.

Dies alles waren Hilfsmittel, um den Erdenmenschen etwas in die Hand zu geben, eben etwas Greifbares, Materielles, die Heilung geschieht allerdings auf ganz anderen Ebenen.

Auch Uri stellte mir so ein Hilfsmittel zur Verfügung. Es nannte sich Tensor. Die Schwingungen, die er durch den Anwender automatisch erzeugte, konnten disharmonische Schwingungen ausgleichen. Dieser Tensor war personenbezogen, das heißt, er war mein ganz persönlicher, nur für mich hergestellter Tensor. Er besaß einen Griff aus Silber und eine Antenne aus Gold. Das Endstück dieser Antenne bestand aus einer Scheibe, die in der Mitte ein Loch hatte, und in die Symbole eingraviert waren. Der Tensor war so eine Art Lebensversicherung für mich. Denn wenn ein Erdenmensch sehr aus dem Gleichgewicht geraten war, musste man aufpassen, dass die Schattenseiten nicht zu viel Macht gewannen. Die Heilungsarbeit sollte gut verstanden werden, es gab Situationen, in denen die Schattenseiten zu präsent waren. Es durfte nicht zugelassen werden, dass sie die Oberhand gewannen. Sie sollten nur angeschaut, bewusst gemacht werden, danach konnten sie integriert werden und es herrschte Klarheit. Die Heilung geschieht nie *vom* Heiler, sondern *durch* ihn. Ebenso werden durch den Tensor negative Schwingungen ausgeglichen. Es sind die Schwingungen der Kraftzentren, die Energien und die richtig eingestellten Frequenzen der Farbenergiezentren, auf die es ankommt. Sonst nichts.

Obwohl ich in unserer kleinen Stadt einige Widersacher und Neider hatte, einschließlich meiner Schwester und anderer Mitglieder aus der Familie, kamen Erdenmenschen zu mir in die Praxis. Manchmal kamen sie sogar von ganz weit her. Es kostete mich enorm viel Kraft, dem Gerede der mir nicht gut gesinnten Erdenmenschen standzuhalten und meine Aufgabe zu verfolgen.

Jeden Tag musste ich mich von Neuem daran erinnern, dass es so gut war, wie es jetzt war. Vor allem, dass ICH so gut war wie ICH war. Denn meine Hirnsoftwareprogrammierung, die ich als Kind programmiert bekam, sah ja anders aus. Wie zum Beispiel »Das kannst du nicht alleine, da bist du zu blöd dazu« und vieles mehr musste ich mir immer anhören. Hinter mir lagen sehr beschwerliche Zeiten, mit denen ich nun abschließen durfte. Die Konzentration auf diese wundervolle Heilarbeit war für mich ein Segen. Ich fühlte mich mit meinen Farbenergien und meinem Tensor so geborgen und wohl wie noch nie in meinem Erdenmenschenleben. So sollte es auch sein, denn derjenige, der helfen und heilen möchte, sollte weitgehend mit sich selbst im Reinen sein. Wirklich im Reinen, das bedeutet so wenig wie möglich Disharmonien und Widerstand in seinen eigenen Farbenergiezentren zu haben.

Uri, mein großer Meister, schaute immer wieder mal nach mir, bis er eines Tages sagte, ich bräuchte ihn nicht mehr. Die wahren Heiler auf der Erde begleiten einen Erdenmenschen immer nur eine Zeitlang, bis sie ihre Aufgabe für diesen einen Erdenmenschen vollbracht haben. Denn jeder Erdenmensch geht seinen ganz eigenen Weg. Genauso einzigartig wie jeder einzelne Erdenmensch ist, so einzigartig ist auch sein Lebensweg.

Meine Freundin Maja entschied sich aufs Land zu ziehen. Sie kaufte sich ein uraltes Bauernhaus und renovierte es. Dieses fünfhundert Jahre alte Gebäude hatte ein eigenes Leben und einen eigenen Charakter, wie es so oft der Fall ist bei so alten Häusern, in denen schon sehr viele Erdenmenschen gelebt haben und gestorben sind. Maja machte ein Schmuckstück daraus. In diesem Haus sollte noch vielen Lebewesen Heilung geschehen. Maja kümmerte sich vor allem auch um die Heilwerdung von Tieren. Wie oft hatten wir telefoniert, stundenlang.

Das ist übrigens auch so eine Erfindung der Erdenmenschen, dieses telefonieren, man kann miteinander sprechen, jeder hat so ein Gerät in der Hand, hält es ans Ohr und man kann den anderen hören, egal wo er sich auf der Welt befindet. Ist doch komisch, dass die Erdenmenschen das nachvollziehen können, denn auch hier geschehen Dinge, die man nicht mit dem Auge erfassen kann. Es geht um Frequenzen, es werden Schallwellen in elektrische Schwingungen umgesetzt. Die Anzahl der Schwingungen pro Zeiteinheit, in Hertz gemessen, ist die Frequenz. Je nachdem in welchen Frequenzbereichen die elektromagnetische Schwingung stattfindet sind Übertragungen möglich. Dabei spielt die jeweilige Frequenz- und Strahlungsenergie eine wesentliche Rolle. Licht und damit auch Farblicht ist elektromagnetische Strahlung und für das erdenmenschliche Auge sichtbar im Wellenlängenbereich von 400 bis 700 Nanometer. Lichtstrahlung entsteht durch Energieabgabe.

Maja und ich, wir tauschten uns phasenweise täglich über unsere Heilarbeit aus. Auch über die Erkenntnisse, die wir durch unser Wirken erlangten. Wir spürten immer mehr, dass die Erdenmenschen ganz neue Wege gehen mussten, um nicht vollends unterzugehen.

War die Heilung der Mutter Erde und deren Bewohner überhaupt noch möglich? Diese Frage konnte zu diesem Zeitpunkt niemand beantworten. Die Erdenmenschen muten der Mutter Erde, der Natur, einfach zu viel zu. Dieses destruktive Verhalten kann ja nur eines Tages dazu führen, dass es eskaliert. Wie das noch ausgehen wird, in welchem Ausmaß sich die Natur rächen wird, steht in den Sternen.

Bei den Erdenmenschen konnte man schon beobachten, wohin das führte – in die Krankheit hinein, so tief hinein, dass es schwer war, das wieder auszugleichen. Daraus bestand meine tagtägliche Arbeit. Mit einer Engelsgeduld, die aufzubringen nötig war, jeden Tag auf Neue. Die Erdenmenschen sind der festen Überzeugung, dass sie, wenn sie Medikamente nehmen oder sich operieren lassen, wieder gesunden würden, dabei bemerken sie nicht, dass sie nur noch tiefer in ihr Elend geraten. Es ist keine Lösung, einfach etwas wegzuschneiden und danach genauso destruktiv weiterzuleben wie bisher, das funktioniert nicht. Oder eben Medikamente einzunehmen, in dem Glauben, dass sich dann alles von alleine regeln wird. Nein, nein, so geht das nicht. Wenn nicht verstanden wird, dass es grundsätzliche Dinge sind, die geändert werden sollten, wird alles nur noch schlimmer. Die geistige Ebene ist die wichtigste, wenn es um Gesundung geht. Von hier aus entsteht die Disharmonie, und von hier aus sollte die Heilwerdung beginnen.

In meiner Praxis erlebte ich täglich Erdenmenschen, die geplagt waren von diesen Leiden, welche sie sich selbst zufügten, indem sie gegen ihre Natur lebten. Sie lebten nur noch aus einem Motiv heraus, nämlich möglichst viel Geld zu verdienen und zu besitzen. Leistungsorientiert. Es gab Erdenmenschen, die dafür ihre Seele verkauften. Das Wichtigste, was sie besaßen, nämlich die Energie, die sie zu Lebewesen machte, war ihnen egal. Die Schattenseiten hatten die Oberhand gewonnen. Viele versuchten, da wieder herauszukommen und verstanden ansatzweise, worum es ging. Aber die Schattenseiten holten sie immer wieder ein. Die Fremdbestimmung war zu mächtig. Nur wenige schlugen andere Wege ein.

Das Erdenmenschenleben wurde immer weniger wert. Die Erdenmenschen wurden massenweise geopfert für die Interessen irgendwelcher Obrigkeiten. Wer auch immer diese Obrigkeiten waren.

Meine geliebte Großmutter sagte immer, unser Herrgott hat einen großen Tiergarten. Sie meinte die Erdenmenschen damit, wie recht sie hatte. Da benahmen sich die Tiere erdenmenschlicher als die Erdenmenschen selbst.

So vergingen die Jahre, Leon und ich lebten ein Erdenmenschenleben mit all seinen Vor- und Nachteilen.

Wie ich schon erwähnte, konnte Leon hervorragend kochen. Nach getaner Arbeit machten wir uns abends immer ein wunderbares Essen. Das hatte allerdings auch seine Nachteile. Seitdem ich intensiv meine Heilarbeit machte, wurde ich immer schwerer. Ich aß nicht viel mehr als sonst und nahm an Gewicht zu. Mein erdenmenschlicher Körper versuchte, auszugleichen. Wäre ich so leicht geblieben wie ich früher war, wäre ich wahrscheinlich abgehoben und hätte mich nicht mehr auf dem Boden halten können, trotz der vorherrschenden Schwerkraft, die auf der Erde bedingt, dass alles am Boden bleibt. Die Schwerelosigkeit, die es im Universum gibt, hat auf der Erde keine Bedeutung. Die Farbenergien bewegten sich in einem schwerelosen Raum.

Inzwischen konnte ich genau unterscheiden, in welcher Energie ich mich befand. Als Rosa war ich in meiner rosagrünen Energie im Energiezentrum des Herzens. Im Grunde war es so, dass ich mit Rosa verschmolz. In dieser Energie war es mir möglich, den Erdenmenschen am meisten zu helfen. Ich wusste genau, was und wie ich es sagen sollte, meine Ratschläge waren dann von großer Bedeutung. Ich nannte es »Seelenübersetzung«. Es war nicht nur wichtig, wie ich energetisch behandelte, sondern auch, was ich den Erdenmenschen dabei erzählte.

Manchmal tauchten bei den Energiebehandlungen ganze Filme vor meinem geistigen Auge auf. Dann sah ich, wie vor allem Tiere den Erdenmenschen halfen, ihre Defizite auszugleichen und wie sie von den Tieren unterstützt und geheilt wurden.

Eines Tages ersuchte eine junge Frau mich um Hilfe. Sie hatte eine schwere rheumatische Erkrankung, starke

Schmerzen und Schwellungen in ihren Gelenken. Sie konnte es kaum aushalten. Morgens brauchte sie eine lange Zeit, ehe sie sich bewegen konnte. Es war eine Qual. Ärzte gaben ihr starke Medikamente, die ihr aber nur bedingt halfen und wiederum an anderer Stelle Nebenwirkungen verursachten.

Während ich sie behandelte, sah ich, wie die junge Frau in einem wunderschönen Wald auf dem Erdboden lag. Dann kamen unzählige Ameisen, krabbelten unter ihren Körper und trugen sie fort. Sie liefen mit ihr ein ganzes Stück durch den Wald, der verwunschen aussah. Sie gelangten an einen Hügel, hinter dem die Sonne in ihren schönsten goldenen Farben stehend strahlte, auf dem oben die Ameisenkönigin thronte. Sie sagte zu den Ameisen: »So, jetzt könnt ihr sie herunterlassen, ihr habt sie geheilt, indem ihr ihr eure Kraft gegeben habt.«

Ich erzählte ihr, was ich gesehen hatte. Die junge Frau sagte, dass ihr ganzer Körper während der Behandlung gekribbelt hatte, als ob tausend Ameisen in und um sie herum krabbeln würden. Der jungen Frau ging es damit sehr gut, vor allem mit der Vorstellung, dass die kleinen Tierchen ihr so zur Seite standen und ihr halfen. Immer wenn sie Schmerzen hatte, stellte sie sich vor, wie ihr die Ameisen halfen. Der zusätzliche Ausgleich ihrer Farbenergiezentren, vor allem des roten Farbkraftzentrums, vollbrachte ihre vollkommene Genesung.

Es war immer wieder schön zu sehen, wie einfach es doch war, dem Erdenmenschen aus seinem Dilemma herauszuhelfen.

Ein anderer Film spielte sich ab, als ich eine Frau behandelte, die schon ihr Leben lang an Verstopfung litt und damit verbunden an einer Erkrankung ihres Kopfes. Ihr

Kopf war immer so voll. Sie konnte sich auf nichts konzentrieren. Alles fiel ihr schwer. Ihr Kopf war manchmal völlig leer, dann wieder wie in Watte gepackt, dann bekam sie Angst vor allem, vor den Herausforderungen des Lebens. Sie nahm Psychopharmaka, das sind Tabletten, die den Erdenmensch ruhig stellen sollen, sodass er seine Beschwerden nicht mehr wahrnimmt.

Hier waren sämtliche Farbenergien disharmonisch, denn diese Frau hatte sehr viele Konflikte in ihrer Herkunftsfamilie zu bewältigen. Es fiel ihr schwer, zu verzeihen. Aber erst wenn verziehen werden kann, sind die Dinge wirklich gelöst, für alle.

Ich fragte meine geistigen Helfer, warum diese arme Erdenmenschenfrau schon seit ihrer Kindheit an Verstopfung litt. Die Antwort kam prompt mit folgendem Film: Die Frau rannte in einen Wald. Sie rannte so schnell sie konnte. Die Situation hatte etwas Bedrohliches. Auf einmal tauchten riesengroße Berge auf, tiefe Schluchten und Felsen. Sie rannte und rannte, gehetzt, als ob der leibhaftige Teufel hinter ihr her wäre. Dann kam sie an einen See. Den wollte sie durchschwimmen. Am anderen Ufer standen drei Männer, die ihr aus dem Wasser heraushelfen wollten. Sie wollte das aber nicht. Sie hatte panische Angst vor diesen Männern. Sie gab auf und stellte ihre Schwimmbewegungen ein, wodurch sie unterging. Auf dem Boden des Wassers lag ein riesengroßes, blaues Blatt, auf das sie sank. Kaum dass sie auf diesem Blatt gelandet war, ging eine Wasserfontäne hoch und katapultierte sie nach oben. Eine ganze Weile befand sie sich auf dem blauen Blatt auf diesem Wasserstrahl. Sie war da oben sehr glücklich. Nun, mit einem Mal, befand sie sich an einem reinweißen Sandstrand. Sie lag auf dem blauen Blatt, sie war erschöpft, aber fühlte sich gut. Dann kamen vier dunkelhäutige Frauen und trugen sie in diesem Blatt, auf dem sie noch lag, an eine andere Stelle des Strandes. Ein Löwe kam angelaufen und legte seine linke Pfote auf ihren Kopf, er sagte ihr, dass sie durch seine Kraft ab sofort ganz alleine ihr Leben meistern würde. Sie hatte keine Angst mehr und fühlte sich so geborgen wie noch nie.

Als ich der Frau von diesem Film erzählte, brach sie in Tränen aus. Sie konnte das erste Mal darüber reden, dass sie als Kind von Männern missbraucht wurde. Im realen Leben konnte sie nicht schwimmen. Dies war ein absoluter Heilungsvorgang, in dem sie sich schwerelos und ohne Probleme im Wasser bewegte und sich vor den Männern retten konnte indem sie untertauchte und an einen anderen Ort gelangte. Der Löwe, der sich ihr gezeigt hatte, gehört in das orange Kraftzentrum, das hier wesentlich gestört war. Der Löwe mit seiner königlichen Kraft half ihr, die Kraft für ihr Leben zu finden. Die vier dunkelhäutigen Frauen waren Schamaninnen, die, jede auf ihre Weise, ebenfalls zur Heilung beitrugen. Das blaue Blatt stand symbolisch für die blaue Heilenergie, in der sie von diesem Moment an umhüllt war. Es konnte ihr nichts mehr geschehen. Der Schutz der blauen Energie begleitet sie nun ihr Leben lang. Orange ist die Komplementärfarbe zu blau, das heißt sie ergänzen sich, das orange und das blaue Kraftzentrum. Im blauen Kraftzentrum ist der Delfin zu Hause, der ihr die Kraft gab, zu schwimmen und sich spielerisch im Wasser zu bewegen.

Mit dieser neuen Erkenntnis war es ihr nun möglich, den Erdenmenschen zu verzeihen, die ihr früher schlimme Dinge antaten. Das bedeutete, loslassen zu können, was wiederum die Verstopfung löste und den Kopf freimachte. Die tiefe Traurigkeit war weg.

Ja, so geschah es, dass ich vielen Erdenmenschen auf diese Art und Weise half. Manche waren öfter da und andere nur einmal, um zu genesen.

An einem Abend betrat ein Mann mittleren Alters meine Praxis und bat um Hilfe. Er hatte ein sehr tiefgreifendes Problem mit seiner Herkunftsfamilie. Sein Vater war Alkoholiker und bereits früh an den Folgen verstorben. Dieser frühe Tod versetzte den Mann in eine Art Schockzustand. Er war damals erst vierzehn Jahre alt und hätte gerade zu dieser Zeit seinen Vater so dringend gebraucht. Daraufhin fing auch seine Mutter an zu trinken. Andere Familienmitglieder waren ebenso dem Alkohol verfallen. Er bekam die Hirnsoftwareprogrammierung, schon bei seiner Konzeption, dass ein Erdenmenschenleben ohne Alkohol nicht möglich sei. Der Konflikt bestand darin, dass auch er Alkoholiker wurde. Der Mann verlor das Vertrauen in sich und die Welt und dachte, dass dies alles nur auszuhalten wäre, wenn man betrunken war. Er merkte, dass er im betrunkenen Zustand fast zu Höchstleistungen fähig war, danach allerdings wieder in das schwärzeste Loch fiel, so wie es meistens bei Drogenkonsum der Fall ist. Um da herauszukommen musste er wieder trinken und so ging das immer weiter. Seine Bedürfnis, aus diesem verzweifelten Netz von Verstrickungen zu entrinnen, war sehr groß. Er war fest entschlossen mit dem Trinken aufzuhören um nicht das gleiche Ende wie sein Vater zu finden, und bat um Unterstützung.

Als ich ihn behandelte, spürte ich die großen Schattenanteile, die vorhanden waren. Der erdenmenschliche Körper war extrem verkrampft. Ja, der ganze Körper war in

Anspannung. Seine Kraftzentren waren auf ein Minimum reduziert. Diese Anspannung war auch für mich fast unerträglich. Ich musste einen Weg finden, diesem Mann zu helfen. Ich bat meine geistigen Helfer und alle Farbenergien vom blaugoldenen Stern um Unterstützung. So geschah es, dass wieder ein Film vor meinem inneren Auge ablief.

Ich sah, wie der Mann sich wie in einem schwerelosen Raum bewegte und dann plötzlich im Netz einer Spinne gefangen wurde. Die Spinne stürzte sich auf ihn, betäubte ihn und wollte gerade anfangen ihn zu zerlegen, als sie abgelenkt wurde. Sie ließ ihn im Netz eingewickelt hängen. Er zappelte und zappelte, da die Betäubung nicht wirkte, und kämpfte um sein Leben. Er drohte zu ersticken. Das Netz der Spinne wippte so stark auf und ab, dass es fast zerstört wurde. Irgendwann war der Mann dazu gezwungen, Ruhe zu halten. Sein Leben lief in einem Zeitraffer vor seinem geistigen Auge ab. Er wurde immer ruhiger. Mit einem Mal strahlte von oben ein rosagrüner Farbstrahl auf ihn herab, der seine Fesselung zum Schmelzen brachte. Sein ganzer Körper wurde mit den rosagrünen Farbenergien aufgefüllt. Sein Körper löste sich aus dem Netz und er gleitete sanft zu Boden. Er lag auf einer grünen Wiese inmitten eines Blütenmeers von rosa Rosen. Dann spannte sich ein Regenbogen über ihm auf, aus dem alle Farbenergien, die in seinen Kraftzentren fehlten, aufgefüllt wurden.

Nach der Behandlung ging es dem Mann erst mal nicht so gut. Wir sprachen über das Gesehene, er wurde immer ruhiger. Er sagte, er fühlte bereits, wie sich etwas in ihm löste, wie eine schwere Last, die von seinen Schultern fiele. In seinem Herzzentrum breitete sich ein wohliges Gefühl aus, das Wärme und Geborgenheit vermittelte.

Im Spinnennetz vereinen sich Struktur und Chaos.

Das war wohl der Knackpunkt in seiner Geschichte. Das Chaos des Alkoholismus, in das eine sanfte Struktur hineinkommen sollte. Spinnenfäden sind extrem elastisch und zugleich extrem reißfest. Die winzigen, weichen und unstrukturierten Einheiten sorgen für die hohe Elastizität, und die steifen geordneten Bausteine für die Reißfestigkeit. Die geordneten Strukturen sind wie ein Gerüst mit Quer- und Längsbalken, sie verknüpfen die unstrukturierten Einheiten.

Das sind die Polaritäten, die in diesem Zusammenhang verstanden werden sollten. Wären die Spinnfäden nur aus geordneten Strukturen, wären sie brüchig. So war es für den Mann wichtig zu erkennen, dass sich Chaos und Struktur nicht ausschließen. Seine Schattenseiten zu integrieren, sie nicht abzuspalten, sondern mit ihnen zu leben, indem er akzeptierte, was ihm seine Herkunftsfamilie als Lebenslektion aufgegeben hatte. Mit diesen neuen Erkenntnissen ging es ihm gut. Er kam noch einige Male zu mir, bis er merkte, dass er in seinem Erdenmenschenleben zurechtkam.

Manchen Erdenmenschen gab ich von den Essenzen, die ich teilweise auch selbst herstellte. Aus Blüten, Edelsteinen, Farben, Pflanzen oder Bäumen. Denn es war schon noch von materieller Bedeutung für die Erdenmenschenköpfe, dass man doch etwas einnehmen musste, um zu gesunden. Nicht, dass diese Hilfsmittel keinen Sinn gehabt hätten, jedoch war die Heilwerdung eher durch die energetische Behandlung, auf hoher geistiger Ebene, geschehen.

Bei den Erdenmenschen, die sich auf so eine energetische Behandlung noch nicht einlassen konnten, genügte es, wenn ich mit ihnen sprach, sie beriet. Währenddessen gingen ausgleichende heilende Farbenergien durch mich hindurch zu meinem Gegenüber. Ohne Manipulation oder Machtanspruch. Einfach nur da sein für den Erdenmenschen konnte auch Heilung sein. So einfach war das manchmal.

Ich wusste nun, dass Uri, mein großer Meister, es richtig erkannt hatte, als er mir sagte, welche Fähigkeiten ich besaß. Jetzt konnte ich diese Fähigkeiten auch zum Wohle des Ganzen einsetzen. Darüber war ich sehr glücklich. Das kosmische Gesetz ist so ausgerichtet, dass immer, wenn ein Erdenmensch dem anderen Erdenmenschen hilft, genau das in gleichem Maße wieder zu ihm zurückkommt. Es ist ein Gefühl der Glückseligkeit, das nur schwer in Worte zu fassen ist.

Die Erdenmenschen haben die Angewohnheit, immer mal in den Urlaub zu fahren, das ist eine sogenannte Auszeit vom Arbeitsleben. Allerdings wäre das nicht nötig, wenn man in der Lage wäre, seinen Tag so zu leben, als hätte man immer Urlaub. Das ist nur eine Frage der Organisation und der mentalen Einstellung. Öfter mal am Tag eine Ruhepause einlegen und sich auf das Wesentliche konzentrieren, das würde schon genügen, um keinen Burn-out zu bekommen. So nennen die Erdenmenschen die Erkrankung, wenn sie nicht mehr können. Wenn sie sich stark verausgabt haben und nicht mehr wissen, wie sie ihren Arbeitsalltag bewältigen sollen.

Um aber auch mal andere Länder zu sehen und kennenzulernen, dafür ist so ein Urlaub schon schön. Also fuhren Leon und ich auch mal in den Urlaub. Unsere finanzielle Situation erlaubte es eigentlich nicht, aber ich fand ein kleines Haus, das man günstig mieten konnte, direkt am Meer am Atlantik, es war ein Traum. Das konnten wir uns gerade so leisten.

Dieser Urlaub war wirklich ein einziger Traum. Jeden Morgen, als wir aufwachten, schauten wir vom Bett aus auf das Meer. Die Geräusche der Wellen begleiteten uns Tag und Nacht. Abends wiegten sie uns in den Schlaf und morgens weckten sie uns sanft auf. Die Naturgewalten faszinierten mich. Eines Tages gab es einen Sturm, die Wellen waren meterhoch, und wenn sie am Strand aufschlugen, bebte die Erde. Das vermittelte mir nur im Ansatz, welche Kraft das Wasser haben kann. Diese Resonanz der Wellen, die man dann im ganzen Körper spürte, war einfach gigantisch. Jeden Tag gingen wir am Meer spazieren und sogen diese wohltuende, salzhaltige Luft in unsere Lungen ein. Wir waren ganz alleine am Strand, Leon und ich.

Nach unseren ausgiebigen Spaziergängen am Meer gingen wir zum Markt in dem kleinen Städtchen, wo wir frische Waren kauften, aus denen wir uns dann leckeres Essen kochten. Vor allem gab es immer frischen Fisch und dazu exzellenten Wein. Denn wir waren in Frankreich, im berühmtesten Weinanbaugebiet des Landes.

Wir liebten uns, vereinigten uns, es gab nur uns beide und das Meer: ein Traum eben.

Die Sonnenuntergänge am Meer gestalteten sich jeden Abend anders. Das Farbenspiel zeigte sich von orangerot und manchmal rosa bis violett. Wir konnten uns daran nicht sattsehen.

Leider mussten wir irgendwann wieder abreisen. Eigentlich hätte es ewig so weitergehen können. Doch die Erdenmenschen brauchten uns ja zu Hause.

Als wir in der Nacht ankamen, stand Lissi weinend vor unserer Tür. Sie konnte vor Weinkrämpfen nicht sprechen.

Wir versuchten sie zu beruhigen. Sie erzählte uns unter Tränen, dass unsere Eltern am Tag zuvor mit dem Auto verunglückt waren. Sie wurden beide so schwer verletzt, dass jede Hilfe zu spät kam.

Ich war in einem Schockzustand und konnte mich gerade noch hinsetzen. Leon nahm mich in den Arm, versuchte mir Halt zu geben. Nach diesen unwirklichen, wunderschönen Erlebnissen, die ich mit Leon in unserem Urlaub hatte, war so eine schlimme Nachricht fast nicht auszuhalten. Mir gingen so viele Gedanken durch den Kopf, mein ganzes bisheriges Leben mit meinen Eltern. Wie es eigentlich dazu kam, dass ich hier auf der Erde war und all die Dinge, die geschehen waren. Es war auf einmal alles weg. Ich fing an, bitterlich zu weinen und bemerkte, wie sich eine riesengroße rosagrüne Wolke um mich herum bildete. Sie hüllte mich ein und gab mir das Gefühl von absoluter Geborgenheit.

In der darauffolgenden Nacht hatte ich einen Traum, der mir die Gewissheit gab, dass es meinen Eltern jetzt wirklich gut ging. Dass sie ihr Erdenmenschenleben beendet hatten, war gut so für sie beide. Ich träumte von einer männlichen Gestalt von einem wunderbaren Aussehen, sie hatte lange, rotbraune, glänzende Haare, ein engelsgleiches Gesicht und trug ein weißes, langes Gewand, das mit einem blauen Seidenband als Gürtel gehalten wurde. Die Gestalt nahm mich bei der Hand und führte mich auf einen Berg hinauf, und als wir da oben standen, blickten wir in einen unvergleichlich schönen Himmel über uns in den Farben violett, rosa und gold und blau. Sie sagte zu mir, dass ich vor nichts und niemanden mehr Angst zu haben bräuchte und ich sicher sein könnte, dass meine geliebten Eltern nun auf ihrem Heimatstern in ihrem wirklichen Zuhause wieder angekommen wären.

Dieser Traum war so beeindruckend und schön, dass ich mir wünschte, er würde nie enden. Ich hatte mich im Beisein und an der Hand dieser männlichen Gestalt so wohl gefühlt, wie ich es noch nie erlebt hatte, selbst mit Leon nicht.

Diesen Traum habe ich in meinem ganzen Erdenmenschenleben nie mehr vergessen. Mir wurde im Nachhinein klar, dass die Gestalt mein göttlicher Begleiter und Helfer war, sie kam vom weißen Stern, dem höchsten Stern in der Hierarchie der Sterne.

Ich war so dankbar dafür, dass die Gestalt mir das gezeigt hatte. So konnte ich von nun an noch besser damit umgehen, dass ein Erdenmenschenleben eben endlich ist, am Ende steht der Tod für alle Erdenmenschen gleichermaßen. Doch es bedeutet nur Transformation in das wirkliche, wahre Dasein.

So gingen wir und beerdigten meine Eltern unter Tränen, denn der plötzliche, schnelle Tod war anders als ein langsames Sterben, man konnte keinen Abschied nehmen. Vielleicht noch einmal über verschiedene Dinge reden und sich gegenseitig verzeihen. Doch ich wusste, dass es so gut war, wie es war.

Ich dachte auch oft an meinen Bruder Karl, ob er noch lebte oder auch schon tot war und wenn ja, auf welchem Stern seine wirkliche Heimat war. Da musste ich an meinen großen Meister Uri denken, der mir gesagt hatte, dass ich unter anderem auch hellsehen konnte.

Ich setzte mich ganz allein in den Raum, in dem ich meine energetischen Behandlungen machte, zündete eine weiße Kerze an, schloss die Augen und bat darum, sehen zu dürfen, wo mein Bruder Karl jetzt war.

So geschah es. Ich sah meinen Bruder Karl, wie er in einer kleinen Bar irgendwo am Strand am Meer arbeitete. Er sah sehr unglücklich und krank aus, richtig ausgemergelt, er war kaum wiederzuerkennen. Ich sah ihn, wie er nachts in seinem Zimmer saß, zu dem man eher nur Behausung sagen konnte, und sich betrank. Er war am Ende seiner Kräfte. Um ihn herum befand sich eine tiefschwarze Wolke, die sich wabernd bewegte. Dieser Zustand bereitete ihm heftige Schmerzen, er krümmte sich und bog sich, ließ sich auf sein Bett fallen, das voller Wanzen war. Die Wanzen überfielen ihn und zerstachen ihm die Haut. Er weinte und schrie um Hilfe, doch niemand hörte ihn. Dieses Szenario war für mich kaum zu ertragen.

Mit einem Mal kamen neue Bilder. Ich sah einen Hügel mit einem einzigen Baum. An diesem Baum hatte sich mein geliebter Bruder Karl erhängt. Er hatte sein Erdenmenschenleben selbst beendet. Er war erlöst. Ihm konnte keiner mehr Verletzungen zufügen, mehr konnte ein einzelner Erdenmensch auch nicht ertragen.

Als ich meine Augen öffnete, fing ich bitterlich an zu weinen, ich weinte um meinen Bruder und gleichzeitig wusste ich, dass er, wo immer er jetzt war, gut aufgehoben war. Ich erzählte Leon von meinem Gesehenen. Er sagte, ich sollte mich beruhigen, vielleicht war es nur eine Täuschung, denn durch den Tod meiner Eltern war ich sehr durcheinander.

Am nächsten Tag lag ein Brief aus Spanien in unserem Briefkasten, in dem die Nachricht vom Ableben meines Bruders Karl stand. Er hatte in seinem verwahrlosten Zimmer eine Art Abschiedsbrief hinterlassen. Dadurch konnte die Polizei herausfinden, wo er früher gelebt hatte und uns benachrichtigen.

Es war doch keine Täuschung, Karl war wirklich tot. Sein Leichnam wurde nach Deutschland überführt und wir beerdigten ihn neben dem Grab meiner Eltern.

Lissi, Franz und ich, wir standen fassungslos am Grab. Hätten wir ihm helfen können? Nein. Es war seine Entscheidung, sein Leben so zu leben. Jetzt waren nur noch wir drei übrig von unserer kleinen Familie. Wir beschlossen zusammenzuhalten und uns in Zukunft gegenseitig mehr beizustehen. Obwohl wir so unterschiedlich waren. Würde uns das gelingen?

Franz lebte alleine. Er schlug sich mit Aushilfsjobs durch. Seine beiden Kinder, die inzwischen erwachsen waren, sah er nur ab und zu. Irgendwie hatte er auch schon mit seinem Leben abgeschlossen. Er resignierte, und nach dem Tod unserer Eltern und Karl ging es ihm noch schlechter.

Nur Lissi und ich konnten ein einigermaßen normales Erdenmenschenleben führen. Was heißt überhaupt normal? Was ist normal?

Das genau zu definieren ist nicht ganz einfach. Doch es ist *einfach*, weil normal *einfach* bedeutet.

Zu allem Überfluss kam Lissi eines Abends zu uns und erzählte unter Tränen, dass Antonio, ihr Mann, so viele Schulden gemacht hatte, dass sie vielleicht ihren Friseurladen verlieren würde. Er hatte hinter ihrem Rücken viel Geld unterschlagen, um seiner über alle Maßen hinaus ausgeprägten Kaufsucht nachzukommen.

Da sie verheiratet waren, saß sie genauso mit auf dem Schuldenberg, der kaum noch abzubauen war. So kam es dann auch. Lissi musste den Laden verkaufen, an dem ihr Herz hing. Antonio landete im Gefängnis und sie musste als Friseurin arbeiten gehen. Das Geld, das sie verdiente, opferte sie zur Hälfte, um den noch vorhandenen Schuldenberg abzutragen. Es war ein Drama. Lissi, die schon immer selbstständig gearbeitet hatte, fiel es schwer, sich in einem fremden Laden unterzuordnen. Sie wurde depressiv. Von Tag zu Tag wurde es schlimmer.

Ich konnte den Erdenmenschen aus meiner Familie leider nicht helfen, vor allem auch deshalb, weil sie es nicht wollten. Es ist von sehr großer Wichtigkeit, dass ein Erdenmensch, der Hilfe benötigt, diese auch wirklich möchte, sonst fruchtet die Behandlung nicht. Sie lehnten meine Art und Weise zu behandeln vollkommen ab. Auch Lissi wollte von mir keine Behandlung. Ich wollte mich nie aufdrängen, doch ich sah Fürchterliches auf uns zukommen.

Lissi wurde von ihrem Vermieter eines Morgens tot in ihrer Badewanne aufgefunden, sie hatte sich die Pulsadern aufgeschnitten. Es war ein tragischer Tod, nun schon der vierte dieser Art in unserer Familie. Langsam fragte ich mich, ob ich wohl auch auf unnatürliche Weise diese Erde wieder verlassen würde, aber nein, bei mir wird es ganz anders sein.

Von Antonio, Lissis Mann, haben wir nie wieder etwas gehört. Er war wohl nach seiner Entlassung aus dem Gefängnis irgendwo untergetaucht. Wer weiß, welches Ende er einmal finden würde.

Die Beerdigung von Lissi war für mich sehr schlimm. Warum musste sie nun auch noch so früh die Erde verlassen? Ihr Grab war direkt neben dem meiner Eltern und dem Grab von Karl.

Nach diesen ganzen Ereignissen plagten mich nachts Albträume. Eine Zeitlang ließ ich mich von all dem runterziehen, sodass ich kaum noch Kraft fand, meine Heilarbeit auszuführen. In kürzester Zeit hatte ich meine ganze Familie verloren, nur noch Franz war da.

Wir schrieben inzwischen das Jahr 2010. Ich hatte mit 50 Jahren vermutlich mehr als die Hälfte meines Erdenmenschenlebens hinter mir. »Wenn ich jetzt nicht die Kurve kriege, wann dann?«, dachte ich.

Ich stürzte mich in meine Heilarbeit und bekam mehr als einmal die Gelegenheit, mit meinem göttlichen Helfer zusammenzuarbeiten. Immer wenn es ganz schwierig wurde, stand er mir zur Seite. Ich nannte ihn Lenus. Er erinnerte mich auch daran, dass ich eigentlich Rosa vom blaugoldenen Stern war und nur meine materielle Gestalt Mina verkörperte.

Lenus wurde mein ständiger Begleiter aus der geistigen Welt und Uri war mein ständiger Begleiter hier auf der Erde. Ich fühlte mich mit den beiden sehr wohl. Zusammen haben wir sehr vielen Erdenmenschen geholfen.

Leon, mein Mann, war der dritte im Bunde, er half mir, mit der realen Welt klarzukommen. Er holte mich, wenn ich drohte abzuheben, immer auf den Boden der Tatsachen zurück.

Die größten Probleme der Erdenmenschen liegen darin, dass sie permanent gegen ihre Natur leben, dies aber nicht verstehen. Sie leben in ständigem Selbstbetrug, das heißt, sie belügen nicht nur sich selbst, sondern auch andere, und das den lieben langen Tag lang. Gerade diejenigen, die die Wahrheit predigen, lügen am meisten. Diese Lügen können unheimliche Ausmaße annehmen, nämlich dann, wenn sie sich so verstricken, dass keiner mehr weiß, wo oben oder unten ist. Von manchen Erdenmenschengruppen ist das sogar gewollt. Es geht immer um Macht und damit verbunden um das größte Machtinstrument: das Geld.

Politiker lügen, dass sich die Balken biegen. Sie lassen sich kaufen von den Industrien, die das große Geld machen, die Pharmaindustrie an erster Stelle, gefolgt von vielen anderen. Überall gibt es Korruption. Die Erdenmenschheit ist auf dem besten Weg, sich selbst zu zerstören.

Inmitten dieser Geschehnisse lebten wir, Leon und ich. Wir waren trotz allem sehr glücklich, wir spürten unsere tiefe, innere Verbundenheit, auch wenn die äußeren Umstände nicht immer die besten waren. Ich wusste, dass trotz dieser Missstände alles gut werden würde, denn der Umbruch war in vollem Gange. Zwar mussten viele Erdenmenschen, die es nicht schafften, den Umbruch mitzumachen, frühzeitig den Erdenball verlassen, aber so war es schon immer in der Geschichte der Erdenmenschheit.

Die wahre Quelle der Erdenmenschen liegt in ihnen selbst. Sie haben das Vertrauen in ihre wahre Quelle allerdings verloren durch die Entwicklungen, die geschehen. Es gibt Mechanismen, die sie immer weiter weg von dieser Quelle bringen. Nur wenige durchschauen dieses Spiel. Die wenigen, die es durchschauen, versuchen zu retten, was zu retten möglich ist.

Leon und ich waren nicht die Einzigen, die zum Wohle des Ganzen ihre komplette Kraft einsetzten. Der Kreis dieser Erdenmenschen wurde Gott sei Dank immer größer, sodass es Hoffnung gab. So konnte es nicht weitergehen mit der Selbstzerstörung.

Aus diesem Grund erlebte ich in meiner Praxis Erdenmenschen, die große Schwierigkeiten hatten, damit klarzukommen. Ihre Energien waren so sehr aus der Mitte geraten, so verschoben und dezimiert, dass es einige Mühe kostete, dies auszugleichen. Die Unterstützung sämtlicher Helfer war notwendig.

Die Erdenmenschen leiden vor allem an Erkrankungen, die eine selbstzerstörerische Tendenz haben. Auch schon die kleinsten Kinder. So kam es, dass ich auch viele Kinder in meiner Praxis behandelte. Junge Eltern wissen oft die einfachsten Dinge nicht, die für die Erziehung ihrer Kinder wichtig sind. Entweder behüten sie sie zu sehr oder sie geben die Verantwortung an öffentliche Stellen ab, wie Kindergarten oder Schule. Diese Auffangstationen können das natürlich nicht leisten, denn das Wichtigste, was Kinder brauchen, ist Liebe, Zuneigung und maßvolle Fürsorge der Eltern. Sie sind die Vorbilder der Kinder und an ihnen orientieren sie sich. Aber wenn die Erwachsenen schon keine Orientierung mehr haben, wie sollen sie sie dann ihren Kindern weitergeben?

Ein fünfjähriges Mädchen, das zu mir in die Praxis gebracht wurde, litt an Erkrankungen, die normalerweise erst im Erwachsenenalter auftraten. Sie war stark übergewichtig, ihre Schilddrüse arbeitete nicht richtig. Mit ihren zarten fünf Jahren war sie ein Wrack. Ihre Psyche war stark gestört. Bei ihrer Mutter waren eigentlich zwei Kinder, also Zwillinge, im Uterus. Das eine hatte sich entschieden, gar nicht erst geboren zu werden, indem es schon im Mutterleib abstarb. Diese Erdenmenschen, denen so etwas passierte, hatten es schwer im Erdenmenschenleben. Sie vermissten immer diesen zweiten Erdenmenschen, der eigentlich zu ihnen gehörte. Zwillinge haben oft eine ganz besondere Beziehung zueinander. Auch dieses Mädchen vermisste ihre Zwillingsschwester. Sie gab ihr sogar einen Namen, und wenn es ihr schlecht ging, erzählte sie ihrer imaginären Schwester davon.

Als ich sie behandelte, lag sie ganz ruhig da und schaute mich mit einem herzzerreißenden und um Hilfe suchenden Blick an. Ihre Kraftzentren waren alle in außerordentlicher Disharmonie. Das blaue Farbenergiezentrum war extrem gestört. Während ich meine Heilarbeit machte, begann wieder ein Film abzulaufen.

Das Mädchen schwamm hilflos im Meer, sie drohte zu ertrinken. Sie schnappte nach Luft. Die Wellen trugen sie nach oben, um sie dann, fast im gleichen Rhythmus, wieder nach unten zu ziehen. So ging das eine ganze Weile. Sie hatte keine Kraft mehr. Ich sah, wie sie schon fast leblos auf den Meeresboden sank. Im nächsten Moment tauchten zwei Delfine auf. Auf dem einen Delfin saß ein anderes Mädchen. Sie rief ihr zu: »Komm, halt dich an der Flosse deines Lebensretters fest und schwimm mit uns in dein neues Leben.« Die Kleine ergriff mit letzter Kraft die Rückenflosse des Delfins und sie schwammen gemeinsam an die Wasseroberfläche, um dann wieder unterzutauchen. Es war ein herrliches Schauspiel. Die beiden Mädchen lachten und freuten sich so sehr. Sie fühlten sich absolut frei.

Das andere Mädchen war ihre Zwillingsschwester. Sie wollte ihr damit sagen, dass sie keine Schuldgefühle mehr haben musste, weil sie lebte und ihre Schwester nicht. Sie sagte ihr: »Bewege dich frei, äußere deine Gefühle und lehre deine Eltern, wie man Gefühle äußert, denn sie haben es nicht gelernt. Du bist dazu da, es ihnen beizubringen. Durch deine Krankheit werden sie aufgefordert, umzudenken. Wenn sie das schaffen, wirst du geheilt.«

Der Delfin ist im blauen Kraftzentrum zu Hause, er zeigte ihr, dass sie zu ihrem Urseelenklang zurückfinden musste, durch ihre Sprache, dem Ausdruck, der sie die unerschöpfliche Kraft und Energie des Kosmos spüren ließ. Es galt die bedingungslose Liebe zu sich selbst wiederzufinden, um als Erdenmensch leben zu können.

Nach der Behandlung schlief das Mädchen drei Stunden. Ich sah sie danach nie wieder. Ich wünsche ihr, dass sie es geschafft hat, ihre schwierige Lebensaufgabe zu meistern.

Cicero hatte Recht, als er sagte, die Welt sei ein Irrenhaus.

Aber wer befreit die Irren aus ihrem Haus? Warum irren sie sich, die Erdenmenschen? Weil sie in einer Illusion leben, und das schon Jahrhunderte lang. Sie rennen tagtäglich dem schnöden Mammon hinterher, jagen sich gegenseitig, schaukeln sich hoch, bis sie am Ende merken, dies alles nicht mitnehmen zu können, dahin, wo ihr wirkliches Leben stattfindet.

Ich hatte inzwischen so viele Erdenmenschen behandelt, dass ich sie nicht mehr zählen konnte. Trotzdem war es nur eine verschwindende Menge, die ein höheres Bewusstsein erlangte und damit ein dem Leben zuträglicheres Verhalten gestalten konnte, zum Wohle des Ganzen.

Da Leon und ich aber nicht die Einzigen auf der Erde waren, die diese Heilarbeit leisteten, wurden immer mehr Erdenmenschen aufmerksam und ließen sich nicht mehr hinters Licht führen. Wir waren auf dem besten Weg in eine neue Zeit.

Die neue Zeit brachte neue Herausforderungen. Mutter Erde wird es danken wenn sie spürt, dass auch nur im Ansatz die Bemühungen stattfinden, ihr zu helfen, um wieder gesund und heil zu werden. Die Energien, die sie uns zur Verfügung stellt, so zu nutzen, dass es für alle ohne Schaden bleibt. Das ist die Kunst. Nur der schnöde Mammon verblendet die Erdenmenschen so stark, dass sie darüber hinaus alles vergessen. Selbst die einflussreichsten, mächtigsten Erdenmenschen müssen einsehen, dass auf dem Erdenball eine Kehrtwende nötig ist, bevor alles zugrunde geht.

Wir Farbenergien können von unserem blaugoldenen Stern aus beobachten, was da vor sich geht. Aus diesem Grund schicken wir so viele Helfer wie möglich zur Erde.

Einem von diesen außerordentlichen Helfern bin ich begegnet. Er, wie soll es anders sein, wieder ein Mann, war von meinem Heimatstern. Er war einer von der violetten Energie. Er hatte das Wissen über die großen Zusammenhänge und die tieferen Wahrheiten. Er war hier, um den Erdenmenschen immer vor Augen zu halten, wo sie eigentlich herkamen. Dass sie ihre Spiritualität stärken und die Verbindung zu Gott nicht verlieren. So, wie der Adler sich aufschwingt in die Lüfte, um den Blick für das Ganze zu haben, so konnte er mit seinem geistigen Auge, dem Tor in die geistige Welt, die Dinge sehen und den Blick für das Ganze bewahren.

Von ihm habe ich noch eine Menge dazugelernt. Er kam zum richtigen Zeitpunkt in mein Erdenmenschenleben. Er konnte mit seinem geschärften Blick und seiner genialen Auffassungsgabe die Dinge auf den Punkt bringen, ohne lange zu überlegen. Ich erwähnte noch gar nicht seinen Namen, er hieß Irmin. Irmin war so beeindruckend. Er war so stark, seine Ausstrahlung war groß und herrlich.

Wir, Uri, Maja, Irmin und ich, beschlossen eines Tages, uns zusammenzufinden um gemeinsam für die Rettung der Erde eine Heilarbeit zu machen, indem wir unsere ganzen Kräfte dafür einsetzten. Lenus, mein geistiger Helfer und Begleiter, war natürlich auch dabei, nur den konnten die anderen nicht sehen, na ja, Irmin vielleicht schon. Leon nahm nicht daran teil, er kümmerte sich um unser leibliches Wohl, indem er uns ein tolles Menü zubereitete, das wir nach getaner Arbeit zu uns nehmen sollten.

Ich zündete zwölf große, weiße Kerzen an. Wir setzten uns im Kreis in meinem Heilungsraum auf den Boden und schlossen die Augen. Eine unheimliche Stille war im Raum. Lenus bewegte sich, für die anderen nicht sichtbar, um uns herum. Der Raum wurde mit einem Mal in alle Farbenergien getaucht. So allmählich umgab jeden von uns seine eigene Farbenergie. Uri wurde in goldblau gehüllt, Maja in orangegold, Irmin in weißviolett und ich in rosagrün. Lenus umgab ein weißes Licht, so weiß, dass es einen blendete, wenn man es angeschaut hätte. Hätte man dieses Geschehen hören können, es wäre ein Knistern gewesen. Eine Hochspannung, es war wie eine elektrische Ladung, die, wenn sie sich entlädt, Ketten sprengen könnte.

Wir alle baten im Geiste die geistige Welt um Heilung der Erde und des Universums. Wir begannen die Urtöne zu summen, dadurch entstand noch mehr Resonanz unter uns allen und mit allem. Licht und Liebe, Heil und Frieden allen Erdenmenschen, allen Wesen, allen Sphären, Planeten und Sternen. So war unsere Bitte und unser Dank.

Ich weiß nicht genau, wie lange wir da saßen, eben so lange, wie es nötig war. Wir erzählten uns, was wir gesehen hatten auf unserer Erdenheilreise.

Maja, deren Hauptaufgabe im Hier und Jetzt darin bestand, den Erdenmenschen mit seinen Schattenseiten zu konfrontieren, erzählte, wie sie in einem Verlies gefangen war. Es war sehr dunkel in diesem unterirdischen Raum. Sie verspürte extremen Durst, es gab aber kein Wasser. So fing sie an, mit ihren bloßen Händen den Boden aufzugraben. Wie sie so grub, kamen ihr Tausende von Maden entgegen, es wimmelte davon. Sie ließ sich nicht beirren, ihr Durst war zu groß, um damit aufzuhören. Dann bemerkte sie, wo die Maden herkamen. Es lag ein Leichnam unter der Erde, aus dem die Tiere sich herausbewegten. Sie überlegte nicht lange und grub weiter. Es musste einen Ausweg geben. Sie grub sich durch den Leichnam und die Maden hindurch, bis sie am Ende ihres gegrabenen Tunnels ein ganz helles Licht sah. Das befähigte sie, mit aller Kraft weiterzugraben, sie wusste, dass sie sich retten konnte. Sie dachte, sie würde in Kürze ersticken, wenn sie nicht bald am Ende des Tunnels ankam. Plötzlich kam aus der Erde um sie herum Wasser herausgelaufen, und sie konnte ihren Durst löschen. Es floss so viel Wasser, dass der Tunnel, den sie gegraben hatte, komplett überschwemmt wurde. Sie drohte zu ertrinken. Aber auch das geschah nicht. Sie wurde aus dem Tunnelrohr hinausgespült an die Erdoberfläche. Völlig erschöpft lag sie da, über ihr versammelten sich unzählige Schmetterlinge aller Art. Die Schmetterlinge setzten sich auf ihre Haut und trockneten sie. Ein unglaubliches Wohlgefühl stellte sich ein. Sie wurde selbst zu einem orangegoldenen Schmetterling und flog mit ihren Freunden geg Himmel. Die Transformation war geschehen.

Als Maja das erzählte, flossen dicke Tränen über ihre Wangen. Wir wussten alle, wie das gemeint war, was sie gesehen hatte. Die Wasserknappheit auf dem Erdenball, die eines Tages kommen wird, sah sie so voraus. Wie es wirklich mal ausgehen wird, steht in den Sternen. Der Leichnam, der im Begriff war, sich aufzulösen, stellte die Metapher dar, für das Leid, das im Falle der Wasserknappheit auf der Erde eintreten wird. Wir hofften, dass es ein gutes Ende nehmen würde. Transformation, Umwandlung zum Guten. Ohne Wasser kein Leben. Alles Leben kommt aus dem Wasser. *Wasser ist Leben.*

Wir waren überwältigt von dem, was geschehen war.

Irmin fragte Maja, ob sie noch Hilfe von uns brauchte, aber sie sagte, sie käme zurecht, da es sich für sie gut anfühlte, wie es war.

Jetzt meldete sich Uri zu Wort. Er bekam eine Botschaft übermittelt, die uns allen den Atem nahm. Er selbst spielte darin keine Rolle, im Gegensatz zu dem, wie es bei Maja gewesen war. Uri sah, wie sich alle Bäume und Pflanzen zu wehren begannen. Die Bäume wurden wütend, viele Pflanzen weinten. So wie die Erdenmenschen mit ihnen umgingen, musste es zwangsläufig eskalieren. Am liebsten hätten die Bäume ihre Äste dazu benutzt zurückzuschlagen, doch es war ihnen fremd, gewalttätig zu werden, wenn auch ihr Zorn noch so groß war. Die Pflanzen ließen ihre Köpfe hängen, sie hatten keine Kraft mehr. Eines war klar, wenn es keine Pflanzen und Bäume mehr gäbe, würde es auch keine Erdenmenschen mehr geben. Es würde den Erdenmenschen der Sauerstoff fehlen, den sie zum Atmen brauchen. Sie bekämen keine Luft mehr und müssten ersticken. *Alle* würden ersticken. Kein Geld der Welt würde das verhindern können.

Die Kiefer erhob ihr Wort und sprach für alle anderen. »Seht euch vor, uns zu vernichten, gerade ich habe euch den Bernstein, den Glücksstein und Heilstein gebracht durch mein Harz. Haltet ihn in Ehren. Mein Öl lässt euch aufatmen. Bedenkt, was ihr anrichtet, wenn ihr uns vernichtet. Ihr braucht uns.«

Stellvertretend für die Pflanzen, die Blumen, sprach die Rose: »Ich bin für euch da, eure Liebe auszudrücken, mein Duft hat euch die Liebe gebracht. Die bedingungslose Liebe zum Leben. Bitte lasst mich leben. Wir möchten keine Tränen mehr vergießen, wir wollen doch für euch da sein.«

Der Apfelbaum sprach: »Ihr werdet eure Ganzheit verlieren. Meine Früchte werden euch fehlen. Denkt daran: Ein Apfel am Tag erspart euch den Gang zum Doktor. Ich gebe euch das Verständnis für die Vollkommenheit in eurem Leben. Ihr schöpft sehr viel Kraft durch mich. Wollt ihr das wirklich aufgeben?«

So ging es weiter, alle Pflanzen meldeten sich zu Wort und gaben ihre Bedenken kund. Zum Schluss stimmten sie alle, Bäume und Pflanzen, ein Lied an, das war so herzzerreißend, wir konnten es förmlich alle wahrnehmen, als es Uri erzählte.

Danach dankten wir für diese tiefe Erkenntnis. Wir waren fest entschlossen, niemals die Vernichtung der Bäume und Pflanzen zuzulassen, solange es in unserer Macht stand. War es denn noch aufzuhalten?

Auch Uri fragten wir, ob er von uns Hilfe bräuchte, das Erlebte zu verarbeiten, aber er sagte, er käme zurecht. Denn er war überzeugt, dass alles gut werden würde. Seine blaugoldene Farbenergie war stark, seine Ausstrahlung war zu spüren. Ich glaube, er hat schon in diesem Moment durch seine Kraft verhindert, dass die Bäume und Pflanzen vollends zerstört werden würden.

Wir atmeten alle auf. Ich wusste, das Lenus während unserer Heilarbeit eine schützende Hand über uns hielt. Er war fähig dazu.

So erzählte Irmin, was er gesehen hatte. Irmin war nur teilweise in das Geschehen involviert. Er verwandelte sich in einen Adler und umkreiste die ganze Erde. So konnte er sehen, wie sich überall auf der großen weiten Welt die Erdenmenschen bekriegten. Sie schlugen sich die Köpfe ein, brachten sich gegenseitig um. Der größte Teil des Erdenballes stand in Flammen. Nur wenige Erdenmenschen konnten diesem Desaster entkommen, aber einige schafften es. Die wenigen, die übrig blieben fingen noch mal ganz von vorne an. Sie besannen sich, jeder brachte sein Wissen ein. Sie wussten genau was zu tun war. Sie wussten auch, dass es, wenn sie die gleichen Fehler wieder begehen würden, endgültig vorbei sein würde mit der Existenz der Erde. Das kollektive Bewusstsein dieser übriggebliebenen Erdenmenschen ließ es nicht zu, jemals wieder so zerstörerisch mit sich und der Erde umzugehen.

Irmin sah als Adler, wie sich um den ganzen Erdenball eine violette Farbenergie ausbreitete. Die Flamme, die Farbenergie der absoluten Vergebung. Um diesen violetten Kreis bildete sich noch ein strahlend weißer. Dieser leuchtete so stark, dass man es noch Lichtjahre weit entfernt wahrnehmen konnte. So wussten alle im Universum, dass die Erde gerettet werden würde. Die Erde strahlte Zuversicht aus. Zuversicht für eine neue Zeit, für eine Zukunft in Liebe und Frieden, Heil und Licht.

Der Adler landete auf einem der letzten Bäume, saß in seiner Krone und beobachtete, wie die Erdenmenschen versuchten, vieles wieder gutzumachen, was sie sich und anderen Lebewesen, und vor allem der Erde, angetan hatten. Irmin schwang sich wieder in die Lüfte, er sah, wie sich vom weißen Stern aus ein riesengroßer Regenbogen zur Erde hin aufspannte. Das war das wahre Zeichen dafür, dass die wirkliche Verbindung zu Gott wiederhergestellt wurde. Gott vereinigte sich mit der Erde. Der Adler flog in den Regenbogen hinein, er bewegte sich in all den herrlichen Farben und brachte sie endgültig auf die Erde mit, zum Wohle des Ganzen. Damit die Erdenmenschen nie vergessen würden, woher sie kamen. Alles wurde nun neu geordnet, das Chaos hatte ein Ende.

Wir sahen, wie Irmin seine Arme weit aufspannte, wie sich die Regenbogenfarben im Raum verteilten. Es war wunderschön. Wir fühlten uns sehr wohl mit dem Gedanken, dass alles ein gutes Ende nehmen würde, die Illusionen würden keine Macht mehr über uns haben.

Nun, die letzte, die erzählte, was sie während der Heilarbeit erlebt hatte, war ich. Am Anfang sah ich nur schwarz. Alles war schwarz. Aus diesem Schwarz heraus bildete sich ein tiefblauer See. Ich sah einen dunklen, türkisblauen See, der in seiner Farbe immer heller wurde, bis das Wasser des Sees sich in ein unglaublich schönes Türkis verwandelte. Dann begann sich eine Landschaft zu zeigen. Berge um den See herum, die aus Edelsteinen bestanden. Bergkristall, Amethyst, Rosenquarz, alle Farben von Turmalinen, der blaue, der grüne, der Wassermelonenturmalin mit seinen grünrosa Farben, es war atemberaubend schön. Einer dieser Berge war aus dem türkisfarbenen Paraiba Turmalin, einem der schönsten und wertvollsten Edelsteine dieser Welt. Der Paraiba Turmalin ist der Stein für die neue Zeit, die Zeit des Umbruchs, die kommen wird. Aus diesem türkisfarbenen Paraiba Turmalin Berg, der mindestens 3333 Meter hoch war, kam ein Wasserfall geschossen, unter dem sich die blauweiße Erdkugel befand. Der Erdenball wurde reingewaschen von all den Belastungen, die Mutter Erde krank machten. Genauso wie in Irmins Geschichte sah ich, wie um den Erdenball eine violette Farbenergie mit weißer Umrandung entstand.

Im nächsten Moment sah ich mich auf einer riesengroßen Platte, wie ein Plateau, aus Wassermelonenturmalin, zwischen den Bergen sitzen. Die Heilkraft, die diese Platte ausstrahlte, war so stark, dass ich meinte zu schweben. Ich saß inmitten des rosa Bereichs des Turmalins, umrahmt von der grünen Farbenergie, die sich in meinem Herzen widerspiegelte. Ich schaute nach unten auf den See und beobachtete, wie vom einen und vom anderen Ende des Sees zwei Schwäne aufeinander zu schwammen. Sie trafen sich in der Mitte, und wie sich ihre Schnäbel berührten, bildete sich ein Herz daraus. Dieses Bild war der Ausdruck bedingungsloser Liebe zu allem und jedem.

Der Erdenball wurde vom Wasserfall auf den See gespült. Er trieb auf die Schwäne zu. Sie nahmen ihn in ihre Mitte, genau inmitten des entstandenen Herzens. Das war die Lösung, die Heilung der Mutter Erde. Sie bekam die bedingungslose Liebe, die sie verdiente, für immer. Ich stand auf und ging auf dem Wassermelonenturmalinplateau bis an den Rand, sprang hinunter und landete auf dem Erdenball. In dem Moment sah ich, wie mich eine Erdenmenschenmenge jubelnd empfang. Ich ging einen langen Weg entlang, rechts und links von mir waren ganz viele Erdenmenschen, die sich freuten und sangen, ich tauchte ein in die Menge und fühlte mich so wohl wie noch nie. Wir waren alle füreinander da. Hier gab es keine Angst, keine Wut, keine Gewalt, wir lebten in und mit der Natur, deren Teil wir waren.

Ich hörte, wie alle ein Gebet sprachen und sprach mit, denn ich kannte den Text. Das Gebet wurde von Franz von Assisi verfasst.

Herr, mach uns zum Instrument deines Friedens.
Wo Hass ist, lass uns Liebe säen.
Wo Unrecht ist, Vergebung.
Wo Zweifel ist, Glaube
Wo Verzweiflung ist, Hoffnung

Wo Dunkelheit ist, Licht.
Wo Trauer ist, Freude
Oh, Herr, unser Gott, gib das wir nicht so lange vertröstet werden, als zu trösten,
verstanden zu werden, als zu verstehen,
geliebt zu werden, als zu lieben,
denn im Geben empfangen wir,
im Verzeihen wird uns verziehen,
und im Sterben werden wir zum ewigen Leben geboren.

Es war überwältigend für mich, dieses Erlebnis. Als ich mit dem Erzählen fertig war wurde es sehr ruhig, ganz still, und wir waren alle wie paralysiert vom Geschehenen. Bevor irgendjemand etwas sagen konnte, erschien wie in einem Blitz mit einem Mal Lenus, mitten unter uns, für alle sichtbar. Er war so schön, sein langes rotbraunes Haar glänzte, als würden Sonnenstrahlen darin reflektiert werden. Sein weißes, mit einem blauen Band zusammengehaltenes Gewand wehte, als ob ein Wind durch den Raum gehen würde. Wir sahen ihn nur für einen kurzen Moment. Er sagte, es würde so kommen, wie Irmin und ich berichtet hatten. »Seid versichert, das Leben auf der Erde geht weiter, nur anders. Ihr könnt endlich eure wahre Natur und Spiritualität leben.«

Uri, Maja und Irmin waren nicht sehr überrascht über das Erscheinen von Lenus, sie sagten, sie wussten bereits, dass er mein geistiger Helfer war. Das bewies mir wieder mal, dass ich doch endlich größeres Vertrauen in mich und meine Fähigkeiten haben sollte. Denn ich hatte immer noch die Angewohnheit, ab und zu in meine alten Muster zu fallen und Selbstzweifel zu hegen. Das sollte nicht mehr geschehen, vor allem nicht nach unserem gemeinsamen Erlebnis.

Ich wusste von diesem Tag an genau, dass wir Lichtarbeiter waren, und wir waren nicht die einzigen.

Bevor wir nun zu unserem, von Leon mit viel Liebe gekochten, Essen gingen, bedankten wir uns alle von ganzem Herzen für unsere Heilarbeit. Ich löschte die zwölf Kerzen und wir gingen in unser Esszimmer, das eins war mit dem Wohnzimmer. Leon hatte den Kamin schon angefeuert, es war urgemütlich.

Er hatte eine Frankfurter Grüne Soße zubereitet, wie schon Goethe sie verehrt hat. Dazu gab es Kartoffeln und zum Nachtisch ein Beerenkompott mit Vanillesoße. Einfach köstlich. Ich möchte das Rezept mit Ihnen teilen, denn es gibt nichts Besseres. Leon hat die Grüne Soße immer nach traditionellem Rezept zubereitet.

In die Frankfurter Grüne Soße gehören sieben Kräuter: Borretsch, Kerbel, Kresse, Petersilie, Pimpinelle, Sauerampfer und Schnittlauch. Seltener wird Dill zugegeben. Varianten aus Notzeiten enthielten auch Blätter von beispielsweise Gänseblümchen, Löwenzahn oder Breitwegerich.

Zur Zubereitung werden die Kräuter sehr fein gewiegt, dann mit hartgekochtem Eigelb und saurer Sahne verarbeitet, durch ein Sieb gestrichen und mit Öl, Essig, Salz und Pfeffer aufgeschlagen. Je nach Rezept können noch andere Zutaten wie Zwiebeln, Knoblauch, Buttermilch, Quark und Senf hinzugegeben werden. Oft wird darauf verzichtet, die Soße zu passieren. Das Eigelb kann entfallen oder durch gehacktes Ei ersetzt werden, das am Ende zugegeben wird. In solchen Varianten wird dann teilweise auch als Grundlage Quark, Saure Sahne oder Joghurt verwendet, um das Gericht kalorienärmer zuzubereiten.

Leon hatte eine ganz besondere Art mit Nahrungsmitteln umzugehen, er zelebrierte das Kochen, er behandelte die Lebensmittel mit Hochachtung. Auch für mich war es nicht selbstverständlich, dass wir immer in der Lage waren, uns ein so leckeres Essen zu machen.

Es wurde noch ein langer Abend. Nach dem Essen saßen wir am Kaminfeuer, ganz still und leise und ließen das Geschehene auf uns wirken. Es war nicht das letzte Mal, das wir uns zu einer gemeinsamen Heilarbeit für Mutter Erde trafen.

Dritter Teil

Der Duft MINA – Unendlichkeit der Freiheit

Mein Leben wurde immer spannender, aber streckenweise auch sehr anstrengend. Denn meine Fähigkeiten, Dinge wahrzunehmen, die sonst keiner hören, sehen oder fühlen konnte, kosteten mich an manchen Tagen viel Kraft. Es gab Tage, an denen musste ich mich völlig zurückziehen, um dann wieder mit Elan meine Heilarbeit machen zu können. Ich hatte so viele Ideen, die Impulse kamen meist unvermittelt. Diese Impulse befähigten mich, zum richtigen Zeitpunkt genau auf die Erdenmenschen zu treffen, mit denen Leon und ich zusammen Gutes bewirken konnten. Leon beschäftigte sich schon länger mit Düften und ätherischen Ölen. Eines Abends, als wir wieder einmal nach einem fantastischen Essen bei Kerzenschein und einem Gläschen Wein zusammen saßen, kam mir der Gedanke, dass es doch möglich sein müsste, mit einem eigens kreierten Duft Erdenmenschen helfen zu können, damit sie mit ihren Emotionen wie Angst, Wut und Eifersucht besser umgehen konnten. Da diese Grundemotionen für viele Erkrankungen die Ursache waren, wäre der Weg zur Auflösung dieser Ursachen über ein olfaktorisches Erleben durch die entsprechende Duftkomposition geradezu ideal. Leon spürte, dass etwas in mir vorging. Er fragte, was ich denn schon wieder im Schilde führen würde. Ich wusste, vor ihm konnte ich nichts verbergen. So erzählte ich von meiner Idee, und schon am nächsten Tag saßen wir im Auto Richtung Frankreich. Wir fuhren die Route Napoléon, die Route des Adlerfluges, nur in umgekehrter Richtung wie sie Napoleon zurückgelegt hatte, nach Grasse, der Parfumstadt der Welt schlechthin. Maja hatte eine Zeitlang in Frankreich in der Nähe von Grasse gelebt, und wie sollte es anders sein, sie kannte einen der Chefparfumeure, der einer der drei größten Parfumhersteller in Grasse war. Wir vereinbarten einen Termin mit Monsieur Garçondieu. Ich war überglücklich, dass es mir ermöglicht wurde, meine Idee so schnell in die Tat umzusetzen.

Wir wohnten in einem noblen Hotel, das sich inmitten eines Parks befand, in dem es atemberaubend roch, denn es war Frühling und die erwachte Natur verströmte ihre Wohlgerüche. Es war nicht verwunderlich, dass in einer Stadt wie Grasse die teuersten Parfums hergestellt wurden, die Inspiration, die hier schon von der Natur ausging, tat ihr Übriges.

Am nächsten Morgen trafen wir Monsieur Garçondieu. Ich erzählte ihm von meinen Plänen, er war sehr begeistert und forderte mich auf, mit ihm in seinem Labor den Duft zu erarbeiten. Alles, was zur Herstellung eines Duftes notwendig war, befand sich in diesem Labor. Ich musste mich zwicken, um zu spüren, dass ich nicht träumte. Monsieur Garçondieu schaute mich an und sagte: »Meine liebe Mina, ich habe Sie und Ihren Mann in mein Herz geschlossen, bitte seien Sie und Leon für die Zeit Ihres Aufenthaltes in Grasse meine Gäste. Ich lade Sie ein in meine Villa am Meer. Es sind nur 20 Kilometer bis zum Meer, wir können an den Abenden noch über unsere Duftkreation beraten.« Nochmals musste ich mich zwicken, um zu spüren, dass es kein Traum war, was ich da gerade erlebte.

In Frankreich lebt man nicht um zu arbeiten, sondern man arbeitet, um zu leben. So lud Monsieur Garçondieu uns mittags zum Essen ein. Wir verbrachten drei Stunden beim Essen. Es gab ein fünfgängiges Menü mit allem was dazu gehört: Aperitif, Vorspeise, Zwischenspeise, Fisch, nach dem Fisch ein Sorbet zum Neutralisieren, dann das Fleischgericht und natürlich, last but not least, ein Dessert und der obligatorische Käse, dazu den passenden Wein und Digestif und Espresso. Danach waren wir sehr müde und beschlossen, zur Villa am Meer zu fahren. Unbeschreiblich schön lag Monsieur Garçondieus Villa in den Hügeln am Meer. Als wir durch das Eingangstor fuhren, das zu beiden Seiten mit zwei wunderschönen, goldenen Drachen geschmückt war, wurden wir von der Hausdame Francine empfangen. Sie zeigte uns unser Zimmer, in dem ein großes Bett stand, welches mit einem Himmel aus transparentem, goldenem Stoff überdacht war. Monsieur lebte mit seiner Hausdame Francine alleine in dieser bezaubernden Villa. Der Blick von der wunderschön bepflanzten Terrasse zum Meer hinunter ließ einem den Atem stocken. Der Duft der Zypressen und Mimosengewächse mischte sich mit dem Geruch des Meeres. Dies allein genügte, um eine heilende Wirkung auf Geist und Seele zu spüren. Gemeinsam ließen wir den Abend auf der Terrasse ausklingen und beschlossen, in den nächsten Tag unsere Vision Realität werden zu lassen, indem wir einen Duft kreierten, der den Erdenmenschen Freiheit gab. Denn ohne Angst, Wut und Eifersucht ist das Leben einfach lebenswerter.

Leon und ich, wir waren überwältigt von allem, was wir hier erleben durften. Es war wie im Traum. Wir lagen in unserem Himmelbett, schauten uns an. Wir verstanden uns ohne Worte, er nahm meine Hände in seine, küsste mich liebevoll, wir verbrachten eine zauberhafte Nacht unter dem goldenen Himmel. Die Fenster im Zimmer waren geöffnet und der Hauch der Nachtluft, angefüllt mit all den betörenden Düften der Pflanzen, umhüllte uns ganz zart und streichelte unsere Haut. Ich dachte, dass es nie zu Ende sein dürfte, das Hier und Jetzt.

In dieser Nacht hatte ich einen visionären Traum. Ich sah, wie der Flakon unserer Duftkreation aussehen sollte. Aus dem türkisfarbenen Meer entstieg die Göttin Isis, Mutter aller Göttinnen, größte aller Heilerinnen, mit ausgebreiteten Flügeln, geformt gleich einer Mondsichel. Die Göttin Isis zeigte den Erdenmenschen für einen Augenblick, wie sich die Polaritäten auflösen könnte in der Vereinigung des weiblichen und männlichen Prinzips, indem beide miteinander verschmolzen, dann gäbe es keinen Kampf mehr, nur noch Freude und Freiheit.

Der Korpus des Flakons war kugelförmig, in reinstem, glitzerndem Türkis, auf dem schemenhaft der Körper der Göttin zu sehen war. Ihr Körper war goldfarben, durchzogen von dem Türkis des übrigen Flakons. Seitlich erhoben sich die Flügel wie eine Mondsichel, auf der in der Mitte der Verschluss integriert war. Auf der Rückseite des Flakons war ein Symbol aus der fünften Dimension angebracht, die Horusaugen, und über ihnen der Kreis zur Versinnbildlichung der Verschmelzung der Polaritäten. Außerdem war auf der Vorderseite in der Mitte des Flakons auf der Höhe des Nabels der Göttin Isis ein kleiner, in Herzform gestalteter, türkisfarbener Paraiba Turmalin angebracht. Dieses Herz aus Paraiba Turmalin wurde mit der Frequenz der Nullpunktenergie, die Quelle allen Seins, angereichert. Hieraus kommen wir und dahin gehen wir.

Ich sah diese Bilder wie im Halbschlaf und war so überwältigt von ihnen, dass ich mit einem Mal aufsprang, um das Gesehene niederzuschreiben bevor die Erinnerung daran verblasste.

Am nächsten Morgen erzählte ich Leon von meinem Traum. Er war begeistert und schon sehr gespannt, was Monsieur Garçondieu dazu sagen würde. Jetzt hatten wir noch nicht einmal den Duft kreiert, aber schon den Flakon dazu, sofern Monsieur damit einverstanden war. Beim Frühstück auf der traumhaften Terrasse mit Blick auf das Meer berichtete ich von meinem Visionshalbwachtraum. Monsieur Garçondieu lachte aus ganzem Herzen, so etwas sei ihm ja noch nie passiert, dass er einen Erdenmenschen kennenlernen durfte, dem so geniale Dinge einfallen und passieren würden. Er war Feuer und Flamme für diese Idee und gleichzeitig gab er uns noch mehr Inspiration für die Duftkreation.

Leon machte uns darauf aufmerksam, ob wir auch einmal an die Herstellungskosten für so ein exklusives Design gedacht hätten. Daran hatte ich in meiner Begeisterung überhaupt nicht gedacht und war ein wenig erschrocken, denn so schnell könnte sich die ganze Sache wieder zerschlagen. Wie immer wegen dem lieben Geld. Aber meine Bedenken wurden sofort wieder ausgelöscht, indem Monsieur wieder laut loslachte und uns beruhigte. Er fand die ganze Sache so einzigartig, dass er sie finanzieren würde. Er hätte genug Geld, keine Nachfahren, also was solle er um Himmels Willen mit dem ganzen Geld machen. Wieder kam in mir dieses glückselige Gefühl auf und ich fragte mich, ob ich so viel Glück verdient hätte. Ja, ich hatte es verdient, denn es geschah zum Wohle des Ganzen, immer dann ist genug Fülle und Wohlstand vorhanden.

Francine, die Hausdame, hörte uns unwillkürlich zu, während sie das Frühstück servierte, sie konnte nicht anders, als ihre Freude zum Ausdruck zu bringen. Man sah ein Glitzern in ihren Augen, auch sie war entflammt von unseren Plänen. Monsieur Garçondieu, der mit Vornamen Jigme hieß – dieser Name kommt aus dem tibetischen und bedeutet »ohne Angst« – bat sie, ein köstliches Essen für uns zuzubereiten, wenn wir am Abend wieder aus Grasse zurückkamen.

Monsieur Garçondieu fuhr mit uns nach Grasse. Während der herrlichen Autofahrt durch das Hügelland der Alpensüdausläufer bot er uns an, ihn beim Vornamen zu nennen. Ich dachte, das konnte kein Zufall sein, dass dieser außergewöhnliche Mann ausgerechnet Jigme hieß. Aber das alles sollte mich nicht mehr wundern, denn ich wusste ja genau, dass wir geführt wurden, genau dahin, wo wir sein sollten.

Als wir bei der Parfummanufaktur ankamen, wurden wir von den freundlichen Mitarbeitern begrüßt und machten eine kurze Espressopause. Dann gingen wir ins Labor, um endlich die duftende Füllung des bereits designten Flakons herzustellen. Ich hatte keine Ahnung, wie lange so etwas dauern würde, aber wir waren so intensiv bei der Arbeit, dass wir den ganzen Tag und die ganze Nacht dranblieben, ungeachtet dessen, was um uns herum geschah. Francine hatte umsonst mit dem Essen auf uns gewartet, aber das war uns alles gleich, wir waren wie hypnotisiert und konnten nicht eher ruhen bis der Duft geboren wurde.

Jigme forderte mich auf, einfach zu sagen, was wir mit dem Duft erreichen wollten. Und so begann ich zu erzählen: Dieser Duft sollte alle Sinne ansprechen. Er sollte gleichermaßen von Frauen und Männern getragen werden können, da es um die Polarität und deren Überwindung ging. Ein absolutes Wohlgefühl, ein Eingebettetsein, Geborgenheit und das Gefühl von Unendlichkeit und Weite, er sollte das Herz in seinem Innersten berühren. Die bedingungslose Liebe zu allem sollte in diesem Duft sein. Dadurch würden die Emotionen Angst, Wut und Eifersucht aufgelöst, denn die Verinnerlichung dessen bedingt, dass diese Emotionen nie mehr den Stellenwert hatten, wie es früher einmal war. Der Duft sollte nur ganz allmählich wahrgenommen werden, nur wenn man sich näherkommt. Unaufdringlich sollte er sein. Er sollte etwas Göttliches, ja, Heiliges in sich haben. Jeder Erdenmensch, der ihn trägt, sollte sich geschützt fühlen von der alles überragenden Gegenwart des Heiligen und erspüren, dass es in uns selbst ist, das Heilige, das uns Heil werden lässt. Ruhe und Frieden, Licht und Liebe, keine ständige Kampfbereitschaft, die sowieso zu nichts führt. Es gibt bei keinem Kampf einen Gewinner. Es gibt nur Verlierer.

Wir können in diesem Erdenmenschenleben nur überleben, wenn wir verstehen, was das Wesentliche ist. Im Hier und Jetzt sein und loslassen. Das Leben genießen. Dazu sollte der Duft befähigen.

»Oh meine liebe Mina, da haben wir uns aber was vorgenommen«, sagte Jigme. »Ich glaube, das wird der größte Duft, den ich je erschaffen durfte, mit dir zusammen.« Jigme fragte mich, welche Duftstoffe meinem Gefühl nach auf jeden Fall vorhanden sein sollten. Nun, da ein Duft auf drei Ebenen agiert, dachte ich, dürfte auf keinen Fall in der Kopfnote Weihrauch fehlen. In der Herznote stellte ich mir vor, dass Benzoeharz sehr gut wäre. In der Basis müsste auf jeden Fall Vanille mit dabei sein. Jigme freute sich offensichtlich über unsere Übereinstimmung was den Anfangsakkord des Duftes betraf. »Sehr gut«, sagte er. Wir brachten erst einmal diese drei zusammen und sinnierten, was dazu passen könnte. Es waren die Essenzen von Tabak, Labdanum, Iris und Geranium, die noch fehlten. Somit hatten wir vier Pflanzen und drei Harze aus Hölzern. Insgesamt waren es sieben Essenzen, aber eine fehlte noch, es sollten acht sein, das Symbol für die Unendlichkeit. Jigme und ich meditierten darüber und schließlich fanden wir den achten Duftstoff – es war die Mimose. Wir hatten es geschafft, das war die ideale Kombination. Die Botschaften, die uns durch die ätherischen Öle der einzelnen Essenzen gegeben wurden, konnte uns Leon genau erklären, denn er beschäftigte sich schon lange Zeit mit der heilsamen Wirkung der Düfte.

In der Morgendämmerung schlossen wir unsere Arbeit ab und fuhren zur Villa ans Meer. Leon fuhr nach Grasse und kümmerte sich um die Umsetzung des Flakondesigns. Er traf sich mit den verantwortlichen Leuten. Es war eine Herausforderung, aber es machte unendliche Freude. Jigme und ich blieben an diesem Tag am Meer. Wir mussten uns erst mal ausruhen. Francine verwöhnte uns den ganzen Tag mit französischen Köstlichkeiten. Abends saßen wir auf der Terrasse und berieten über das weitere Vorgehen.

Jigme bat Leon, die geistig-spirituelle Bedeutung und die Botschaften unserer verwendeten Duftessenzen zu erklären. Leon sagte:

»In der Kopfnote haben wir den Weihrauch, Labdanum und den Tabak. Der Weihrauch, Olibanum, ist ein Balsambaumgewächs, dessen Harz wir hier verwenden. Der Duft von Weihrauch schlägt eine Brücke von der materiellen zur spirituellen Welt. Die Seele der Erdenmenschen öffnet sich und er erkennt die großen Zusammenhänge, die unser Leben ausmachen. Es entsteht eine Ehrfurcht vor dem

Wunder des Lebens. Der Duft schenkt den Erdenmenschen ein heiliges Verstehen für die Lebensgesetze.

Bei Labdanum handelt es sich um das Harz des Cistrosengewächses, der Cistrose. Die Cistrose hilft dem Erdenmenschen nach traumatischen Erlebnissen wieder einen Zugang zu sich zu finden. Denn der Erdenmensch, der die Cistrose braucht, hat sich abgeschottet, eine Mauer um sich gebaut, um seine Wunden nicht mehr zu spüren. Der Duft des Harzes der Cistrose lässt ihn sanft und zart wieder in diese tiefen Verletzungen hineinspüren, um dann eine Aussöhnung möglich zu machen, den Schmerz aufzulösen. Die Cistrose spricht: ›Zeig mir deine Wunde, ich gebe Balsam darauf, der Schmerz löst sich auf.‹

Der Tabak ist ein Nachtschattengewächs. Der Duft des Tabaköls hat eine stimulierende, leicht berauschende Wirkung. Trübe Situationen bekommen wieder Glanz und Schönheit. Das ganze Universum erhellt sich. Die Botschaft lautet: ›Du lebst, also genieße dein Leben in vollen Zügen.‹«

Jigme war überwältigt von Leons Ausführungen, aus dieser Sicht hatte er die Duftessenzen noch nie betrachtet. Immerhin hatte er im Moment, in der Mitte seines sechsten Lebensjahrzehnts, schon viele Düfte kreiert, aber so einen noch niemals.

»Nun kommen wir zur Herznote des Duftes. Das Benzoeharz, ein Styraxgewächs, das ebenfalls eine sehr heilende Wirkung hat. Es balsamiert unsere wunde Seele und verschafft uns eine wohlige Geborgenheit. Darüber hinaus lässt es uns unsere Spiritualität erkennen und die Verbindung zu Gott aufrechterhalten.

Die Iris aus der Familie der Schwertliliengewächse hüllt uns ein mit ihrer wärmenden, schützenden Hülle. Sie gibt Erdenmenschen mit sogenannter dünner Haut und zartbesaiteten Nerven Geborgenheit und Zuflucht. Störende äußere Einflüsse haben keine Kraft mehr. Sie schafft einen inneren Raum für unsere Träume und Fantasien. Sie lädt uns ein ins Traumland.

Die Mimose, ein Schmetterlingsblütler, gibt ängstlichen Seelen Halt. Sie tröstet diejenigen, die sich nichts zutrauen und sich beim geringsten Anlass verschließen, so wie es auch die Pflanze macht, wenn sie nur berührt wird. Sie tröstet den Erdenmenschen nach Schock und Schreck und gibt wieder Mut.

All diese Duftessenzen befähigen dazu, mehr Mut, Kraft und Liebe für sich selbst aufzubringen um ohne Angst, Wut und Eifersucht leben zu können.

Die Basisnote stellt eine wichtige Ebene dar. Hier haben wir Vanille und Geranium. Die Vanille, ein Orchideengewächs, hat wie kaum eine andere Duftessenz eine besänftigende und beruhigende Wirkung. Ärger, Frustration, Wut, Zorn und Angst werden aufgelöst. Wer Vanille riecht, kann gar keine dieser Emotionen mehr spüren, denn es entsteht eine Assoziation, die uns an unsere Kindheit erinnert, an Schokolade, Pudding und Eiscreme. All diese süßen Genüsse zeigen uns die sonnige Seite des Lebens. Die Vanille bittet uns, das Leben zu genießen.

Geranium, ein Storchenschnabelgewächs, lässt den Erdenmenschen die Traurigkeit vergessen. Es befähigt dazu, loszulassen. Starke emotionale Belastungen werden ausgeglichen und beruhigt. Das innere Gleichgewicht wird wiederhergestellt. Die Duftessenz von Geranium sagt: ›Du brauchst nichts zu tun, alles geschieht zum richtigen Zeitpunkt. Dann, wenn es gut für dich ist. Beruhige und entspanne dich und öffne die Augen für die schönen Dinge des Lebens. Lass die schlechten Gedanken los, sei glücklich.‹«

Als Leon mit seinen Ausführungen fertig war, herrschte Totenstille. Keiner von uns konnte ein Wort sagen. Wir ließen das Gesprochene wirken und wussten, dass wir etwas Geniales erschaffen hatten.

Jigme wollte sich zurückziehen, er ging schlafen, erschöpft von all den Eindrücken. Leon und ich saßen schweigend da, schauten in den klaren Sternenhimmel und genossen die abendliche Meeresluft.

Am nächsten Morgen waren wir erfrischt und ließen uns das Frühstück schmecken, das Francine wie immer servierte. Anschließend fuhren wir gemeinsam nach Grasse, um alles Erforderliche zur Fertigstellung unseres Duftes in die Wege zu leiten. Die Designer für den Flakon gaben auch grünes Licht. Also konnte es mit der Produktion losgehen. Wir drei saßen in Jigmes Büro in der Parfummanufaktur und berieten nun über die geschäftliche Seite dieses tollen Projektes. Jigme wollte, dass wir 50 % des Gewinnes bekamen. Seine Preisvorstellung für 50 ml dieses genialen Duftes in diesem außergewöhnlichen Flakon, der allein schon eine Kostbarkeit darstellte, waren 88 Euro. Die Zahl der Unendlichkeit sollte auch hier wieder zum Tragen kommen.

Ich schaute Leon an und dachte wieder, ich träumte das alles nur, aber nein, es war Wirklichkeit. Das würde bedeuten, dass wir uns nie mehr finanzielle Sorgen zu machen bräuchten. Wir könnten unsere Heilarbeit zum Wohle des Ganzen, ohne diesen Druck des Geldes, der nun leider mal herrscht auf der Erde, fortsetzen und vervollkommnen.

Da fiel mir ein, dass wir ja noch keinen Namen für unseren Duft hatten. Kaum dachte ich daran, wusste ich ihn auch schon: MINA – Unendlichkeit der Freiheit. Ich sprach es aus. Die anderen beiden schauten mich an. Sie konnten es nicht fassen, natürlich brauchten wir einen Namen und schwupps, da war er. Jigme schlug vor, dass wir ihn für jedes Land auf der Welt in seine jeweilige Sprache übersetzen würden, damit alle verstehen könnten, worum es geht. Das würde zwar die Produktion verteuern, aber das war es wert. In Französisch würde der Duft dann »MINA. L'infinité de la liberté« heißen. In England »MINA – Infinity of Freedom«, in Italien »MINA – L'infinità della libertà«. Das klang alles wunderbar. Und so machten wir es. MINA bedeutet LIEBE.

Hochzufrieden mit unseren Schöpfungen gingen wir, wie sollte es anders sein, zum Essen, in das Lieblingsrestaurant von Jigme. Wir beschlossen diesen ereignisreichen Tag mit einem Ausflug an die Côte d'Azur. Jigme sagte, wir könnten jederzeit gerne wieder seine Gäste sein. Aber das nächste Mal sollten wir unbedingt Maja mitbringen, er würde sich sehr freuen, sie einmal wiederzusehen.

Wieder zu Hause angekommen, verbrachten wir die nächste Zeit in vollkommener Ruhe und Abgeschiedenheit, um das Erlebte zu verinnerlichen. Ich erzählte Maja, was geschehen war, sie konnte es kaum glauben. Schon im Sommer dieses Jahres würde es möglich sein, unsere Duftkreation auf der ganzen Welt zu kaufen. Es war nicht anders zu erwarten – es wurde ein großer Erfolg. Die Erdenmenschen spürten, wie gut der Duft ihnen tat. Es reichte, wenn er nur einmal in der Woche aufgesprüht wurde. Die Wirkung hielt lange an.

Obwohl ich emotional sehr an unserem Haus hing, hatte ich schon immer von einem schlossähnlichen Gebäude mitten in einem Park geträumt, mit einem ganz alten Baumbestand. In diesem Schloss wollte ich ein Heilzentrum entstehen lassen, in dem alle hilfesuchenden Erdenmenschen

Schutz, Hilfe, Heilung und jegliche Unterstützung bekommen könnten, die sie brauchten. Dieser Traum sollte nicht mehr lange nur ein Traum sein, denn durch die Einnahmen vom Verkauf unseres Duftes waren wir alle finanziellen Sorgen los. Nicht nur das, wir konnten die Vision des Heilzentrums verwirklichen. Mein Elternhaus wurde an liebe Erdenmenschen vermietet, die es auch weiterhin pflegten und wir, Leon und ich, fanden mitten in Deutschland unser Traumschlösschen.

Da inzwischen sehr viele Erdenmenschen aus allen Bevölkerungsschichten, ob arm oder reich, zu mir in die Praxis kamen, geschah es eines Tages, dass ein älterer, wohlhabender Herr, den ich zuvor behandelte hatte, mir erzählte, dass ein Freund von ihm sein Anwesen verkaufen möchte, da seine Frau verstorben sei und er nicht alleine dort leben wollte. Erst vor kurzem hatten die beiden das wunderschöne Anwesen, das übrigens genau so war, wie ich es mir vorgestellt hatte, komplett renovieren lassen, bevor seine geliebte Frau plötzlich die Erde verließ. Wie immer im Leben: Es gibt keine Zufälle, das war das Anwesen, das auf uns wartete.

Es war wirklich ein schlossähnliches Haus, eine Jugendstilvilla in einem dezenten vanillegelb, komplett stilecht eingerichtet aus dem Jahr 1900 mit einem eindrucksvollen Portal. Die große, zweiflügelige runde Eingangspforte war zu beiden Seiten mit großen, sitzenden Löwen aus weißem Stein geschmückt. Die Überdachung des Portals wurde von zwei weißen Säulen gestützt. Hier konnte man die Leitmotive des Jugendstils förmlich spüren, die Verschmelzung von Kunst und Leben. Ein achtstufiger Treppenaufgang ließ das ganze noch herrschaftlicher wirken. Die Bepflanzung des riesengroßen Grundstücks, das nicht wie üblich quadratisch, sondern wie ein Kreis geformt war, ließ auch keine Wünsche offen. Das Anwesen, das inmitten dieses Kreises gebaut war, wurde durch hohe Thujahecken, die in der Kreisform des Grundstücks gepflanzt waren, eingezäunt. Sogar eine uralte Linde, der Baum der Heilerinnen, stand im hinteren Bereich mittig auf dem großen Areal und lud dazu ein, sich darunterzusetzen. Viele andere Baumarten, Laub- sowie Nadelbäume, zierten den parkähnlichen Garten. Die Vorbesitzer dieses Anwesens hatten großen Wert auf den Erhalt des Ursprungs dieses Hauses und seiner Umgebung gelegt. So wurden auch die floralen, schmückenden Elemente im Inneren und Äußeren des Hauses erhalten. Wir mussten fast keine Veränderungen vornehmen; bis auf die Räumlichkeiten, die später als Heilräume dienen sollten, war alles so wie es sein sollte. Dieses Haus hatte einen eigenen Charakter, in voller Anmut.

Otto Eckmann, Maler und Gestalter der Zeit des Jugendstils, liebte Schwäne über alles, was in diesem Haus in vielen Dekorationen zum Ausdruck kam. Sein Bild der fünf Schwäne, das als Wandteppiche geknüpft wurde, davon gab es 100 Exemplare, war auf viele Museen in Deutschland verteilt. Den Schwanenkult konnte man auch in König Ludwigs Schloss Neuschwanstein erkennen, welches ebenfalls in dieser Zeit entstand.

Die Schwäne sind die Träger der Lebensmelodie, sie schwimmen auf dem See der Urformen, der Quelle des Lebens. Sie gelten als der Anfang und das Ende des Lebens, sie sind die Geleittiere der Transformationen. Der Schwan gehört auch zum Kraftzentrum des Herzens, das lässt einen nicht wundern, dass in dieser Zeit viele Dinge, die entstanden sind, reine Herzenswünsche waren. Manchmal waren sie weitab von der Realität, aber trotzdem wurden sie umgesetzt, weil es eben Herzenswünsche waren. Da auch dieses Heilzentrum entstehen zu lassen einer meiner Herzenswünsche war, wurde auch er erfüllt.

Nachdem alle schriftlichen erforderlichen Maßnahmen abgeschlossen waren, konnten wir uns Besitzer eines traumhaften, wundervollen Anwesens nennen. Das war ein unbeschreiblich schönes Gefühl, aber kein Gefühl der Überheblichkeit oder des Reichtums auf materieller Ebene, nein, es war ein Glücksgefühl, ein Wohlstand ganz anderer Art, weil es zum Wohle des Ganzen beitragen sollte.

Ich lud Uri, Irmin und Maja in unser neues Zuhause ein. Wir wollten wie damals eine gemeinsame Meditation durchführen und schauen, was wir für die Erdenmenschen tun konnten.

Im Erdgeschoss des Hauses gab es zwölf Zimmer, dazu noch eine Wohnküche mit Kamin und zwei Bäder. Im ersten Stock befanden sich zehn Zimmer, ebenfalls mit einer Küche und zwei Bädern. Im zweiten Stock hatten wir nochmals vier Zimmer, allerdings mit schrägen Decken und wieder einem Bad. Über Platzmangel konnte man sich hier nicht beklagen. Ich wusste schon von Anfang an, dass wir hier nicht alleine wohnen und unsere Heilarbeit machen würden. Im unteren Bereich sollten unter anderem die Räume für die Heilarbeit sein. Als Irmin, Uri und Maja dies alles sahen, waren sie überwältigt, vor allem von der Schönheit und der Aura dieses Hauses. Leon und ich schlugen ihnen vor, mit uns hier zu wohnen und gemeinsam den Erdenmenschen unsere Hilfe anzubieten. Sie willigten sofort ein. Wir waren alle sehr glücklich darüber, nun zusammen unsere Visionen Wirklichkeit werden zu lassen.

Wir fünf schwangen auf fast den gleichen Frequenzen,

das war der Grund, dass so gut wie keine Unstimmigkeiten zwischen uns auftraten. Teilweise verstanden wir uns nonverbal.

Für unsere Meditation suchten wir uns das außergewöhnlichste Zimmer im Erdgeschoss aus. Als Wandlampen hatte es Schwäne, die aus der Wand heraus aus Gips gearbeitet worden waren. Diese indirekte Beleuchtung, es waren an jeder Wand drei solcher Lampen, brachte einen ganz besonderen Zauber in diesen Raum. Die Wände waren in einem dunklen Violett angemalt und an der Decke befanden sich weiße, florale Stuckverzierungen. Von diesem Zimmer aus konnte man durch eine große Glasflügeltür auf die Terrasse zum hinteren Bereich des Gartens schauen, da wo auch die schöne Linde stand.

Irmin schlug vor, eine Meditation durchzuführen, bei der wir alle stehenbleiben sollten, um unsere Verbindung und Verwurzelung zur Mutter Erde, zur Urquelle, zu spüren. In jeder Ecke des Raumes stand ein hoher Kerzenständer mit jeweils einer dicken violettfarbenen Kerze, die wir anzündeten. Bevor wir mit unserer Meditation anfingen, räucherten wir den Raum mit Agarwood, Adlerholz, dem kostbarsten Holz der Erde. Es verströmt diesen unvergleichlichen Duft, der dazu befähigt, in die geistige Welt zu schauen. In der Mitte des Raumes hatten wir eine übergroße Bergkristallspitze stehen, die Maja mitgebracht hatte. Wir umhüllten sie mit einem weißen Tuch, das mit goldfarbenen Stickereien verziert war. So stellten wir uns zu einem Kreis auf, Leon war diesmal auch dabei.

Kaum schloss ich meine Augen, raste mein bisheriges Leben in Lichtgeschwindigkeit vor meinem geistigen Auge vorbei. Ich spürte noch mal, wie es sich anfühlt, wenn man eigentlich gar nicht gewollt wird, hier als Erdenmensch.

Warum musste ich auch dieses Risiko eingehen zu inkarnieren. Aber ich hatte es ja nicht anders gewollt. Ich habe mir diese Mutter und diesen Vater ausgesucht, und trotz allem war die Versöhnung vollendet. Sie nannten mich Mina, das bedeutet »Liebe«. Ich fühlte eine unendliche Traurigkeit in mir, dicke Tränen kullerten über meine Wangen, aber zugleich spürte ich, wie von meinem grünrosa Kraftzentrum aus ein Licht aufging. Es breitete sich um mich herum in einer grünrosa Flamme aus. Da sah ich ihn, meinen Heimatstern, den blaugoldenen Stern, da war ich zu Hause. Er leuchtete in dem Moment nur für mich alleine und ich wusste ab diesem Zeitpunkt, dass ich, Rosa, wieder dorthin zurückkehren würde, wenn ich meine Aufgaben als Erdenmensch, als Heilerin, erledigt hatte.

Alle sahen wir unseren Heimatstern, auch Leon, der eigentlich Noel war. Wir kamen alle aus einer Urquelle und würden wieder dorthin zurückkehren.

Nach dieser Meditation konnte uns nichts mehr hier auf diesem Erdenball irritieren, denn wir wussten, für was wir hier waren. In diesem Bewusstsein war es uns möglich, alles zu überwinden, was mit den tiefsten seelischen Abgründen des Erdenmenschendaseins zu tun hatte.

Wir gaben, so gut es uns möglich war, die Heilenergie der Farbenergien an die Erdenmenschen, die sie brauchten und wollten, weiter. Denn die Zeit, die jetzt begann, machte eine Umkehr dringend nötig. Nicht das Materielle ist das Wesentliche. Wenn wir lernen, loszulassen, finden wir die Erfüllung und den Frieden in uns selbst. Wir schöpfen unser Leben, wir alleine. Nicht in der Habgier und dem schnöden Mammon ist unser Glück. Nein, das Mit- und Füreinander und die Erkenntnis, in Verbundenheit mit allem zu leben, bringt wahre Freude, Liebe und Frieden.

Das, was wir hier auf diesem Erdenball besitzen, ist nur geliehen, denn wenn wir wieder gehen, bleiben diese Dinge alle hier. Wo wir dann hingehen, da haben diese Dinge keine Bedeutung mehr. Wenn wir uns das zu Lebzeiten bewusst machen, ist vieles einfacher.

In diesem Sinne wünsche ich, Mina, die eigentlich Rosa ist, allen Erdenmenschen für ihre Zeit auf dem Erdenball alles erdenklich Gute, viel Licht und Liebe, Heil und Frieden, auch allen Wesen, Sphären und Planeten.

ENDE

Anhang

Übung zum Buch

Hier stelle ich Ihnen eine kleine, einfache Übung vor. Sie dient der täglichen Zentrierung um alle Herausforderungen bewältigen zu können. Sie kann im Stehen und im Sitzen ausgeführt werden:

Führen Sie beide Handflächen zusammen und halten die Arme horizontal vor der Brust, Ihrem Herzchakra. Atmen Sie dreimal tief in den Bauch. Nun führen Sie die geschlossenen Hände langsam nach oben über das Halschakra, dem dritten Auge, zum Scheitelchakra. Lassen Sie die geschlossenen Hände eine Weile auf dem Kopf ruhen.

Beschreiben Sie jetzt von hier aus, indem die Handinnenflächen auseinander gehen, vom Kopf ausgehend mit den Händen ein großes Herz. Mit der Herzspitze schließen sich die Handinnenflächen auf Kniehöhe wieder. Die geschlossenen Handinnenflächen führen Sie wieder zum Herzchakra zurück. Atmen Sie dreimal tief in den Bauch.

Dreimal hintereinander ausgeführt ist diese Übung sehr wirkungsvoll und kann jederzeit wiederholt werden, wenn sie benötigt wird.

Die Affirmation

Das liebende Herz umhüllt mich. Licht und Liebe. Heil und Frieden. DANKE

Die Visualisierung einer Farbe Ihrer Wahl, die Verwendung der Chakra-Komplexe, des Duftes MINA und die Affirmation verstärken die Wirkung der Übung.

www.komplexmittel.org
www.minaparfum.com